부디 너희 세상에도

부디 너희 세상에도

ⓒ 남유하 2023

초판 1쇄　　2023년　3월 24일

지은이　　남유하

출판책임	박성규	**펴낸이**	이정원
편집주간	선우미정	**펴낸곳**	도서출판 들녘
기획이사	이지윤	**등록일자**	1987년 12월 12일
편집진행	이동하	**등록번호**	10-156
표지그림	연여인	**주소**	경기도 파주시 회동길 198
디자인진행	고유단	**전화**	031-955-7374 (대표)
디자인	하민우		031-955-7384 (편집)
편집	이수연·김혜민	**팩스**	031-955-7393
마케팅	전병우	**이메일**	dulnyouk@dulnyouk.co.kr
경영지원	김은주·나수정		
제작관리	구법모		
물류관리	엄철용		

ISBN　　979-11-5925-756-8 (03810)

고블은 도서출판 들녘의 장르문학 브랜드입니다.
값은 뒤표지에 있습니다. 잘못된 책은 구입하신 곳에서 바꿔드립니다.

부디 너희 세상에도

남유하 지음

gobl

차례

반짝이는 것   7

에이의 숟가락   35

뇌의 나무   67

화면 공포증   77

미래를 기억하는 남자   117

이름 먹는 괴물   149

목소리   185

부디 너희 세상에도   223

작가의 말   259

반짝이는 것

"아버님, 문 좀 열어보세요."

머느리의 목소리는 언제나처럼 차분하지만, 숨소리에서 묻어 나오는 조급함만큼은 숨길 수 없었다. 문을 열면 아들 내외는 일규를 다이웰 주식회사에 데려갈 것이다. 한시라도 빨리 안락사시켜야 이 집을 온전히 차지할 수 있을 테니.

간헐적으로 들리던 문 두드리는 소리가 끊겼다. 대신 얇은 나무 문틈으로 목소리를 죽이고 수군대는 소리가 들렸다. 할아버지 나오시라고 해. 싫어, 난 못하겠어. 손녀의 목소리였다. 손녀가 그에게 말을 건 게 언제인지 기억나지 않았다. 아마도 일규를 하부지가 아니라 할아버지라고 정확하게 발음하여 부를 수 있게 되고 나서부터였던 것 같다. 싫어. 안 한다고. 며느리와 손녀의 실랑이가 계속됐다. 일규는 TV를 틀고 볼륨을 높였다. TV에서는 알록달록한 옷을 입은 젊은이들이 나와 웃고 떠들어댔다. 분명히 한국어로 말하고 있는데 무슨 얘기를 하는지 도통 알아들을 수가 없었다.

"잠시 광고 보고 가겠습니다."

사회자가 화면에 얼굴을 들이밀며 말했고, 곧이어 광고 화면이 떴다.

아직도 이들을 좀비라고 부르십니까? ACAS(Acquired Cardiac Arrest Syndrome), 후천성 심정지 증후군은 질병입니다. 심폐기능은 정지되지만, 뇌가 완전히 소멸할 때까지 식욕만 남은 상태로 살아가야 하는 감염자들. 안타깝게도 아직 이들을 위한 치료 방법은 없습니다. 감염자들을 위한 국가 공인 안락사 기관 다이웰. 후천성 심정지 증후군으로 고통받는 소중한 이에게 편안한 죽음을 선사합니다. 안락사는 다이웰, 주식회사 다이웰. 지금 바로 전화하세요.

타이밍 한번 기막히군. 일규는 코웃음을 쳤다. 편안한 죽음이라니, 결국은 살인을 그럴듯하게 포장한 것뿐이다. 그는 아직 죽고 싶지 않았다. 멀쩡한 정신으로 죽기에는 억울했다.

일규에게 감염 증세가 나타난 건 어제였다. 평소처럼 혼자 늦은 아침을 먹고 라디오를 듣고 있는데 목이 말랐다. 짜게 먹지도 않았는데 소금 덩어리를 삼킨 것처럼 갈증이 났다. 입안에 침이 마르고 목구멍이 따가웠다. 이것도 노화 현상이겠거니 하며 물을 마시러 일어나는데 마른기침이 터져 나왔다. 발작적인 기침이 몇 분이나 이어졌고 급기야 핏덩어리를 토했다. 이상한 예감에 오른손으로 왼 손목의 맥을 짚었다. 손톱자국이 나도록 눌러도 맥박이 느껴지지 않았다. 일규는 생각했다. *마침내, 걸렸구나.* 아내가 죽은 뒤 그는 자신이 ACAS에 감염되어 죽을 거라고 막연히 생각하고 있었다. 회사에 있는 아들 내외에게 연락하지 않고 가까운 보건소에 갔다. 푸르스름한 얼굴의 감염자들은 시뻘겋게 충혈된 눈으로 허공을 보고 있었다. 그들의 입에서 흘러내리는 끈적한 침 기둥에 일규는 비위가 상했다. 악취를 맡았다고 생각했지만 환취였다. 바이러스에 감염된 이상 감각을 느끼는 건 불가능하니까.

일규는 몇 가지 검사를 한 뒤 감염자로 등록했다. 전염성을 없애주는 감염억제제 PL-1을 맞고, 손목 안쪽에 레이저로 '完'자를 새긴 뒤, 제 발로 걸어 집으로 돌아왔다. 집을 찾아올 수 있었던 건 그가 변종 감염자였기 때문이다. 살아 있는 시체가 된 상태로 먹는 것만 밝히는 대다수 감염자와 달리, 변종은 사고 능력을 잃지 않고 최소한의 의사소통이 가능하다.

"아버지, 얼른 나오세요."

이번에는 아들이 나섰다.

"시끄어까!"

시끄럽다, 라고 소리치는데 발음이 뭉개졌다. 일규는 당황했다. 아에이오우, 그런대로 괜찮았다. 랄랄라, 괜찮지 않았다. 리을 발음을 할 수가 없었다. 이미 사후경직 현상이 일어난 혀는 유음을 내기에 너무 뻣뻣했다.

"이러시면 더 힘들어요."

달칵달칵, 문손잡이 돌아가는 소리가 들렸다. 그럴수록 일규는 오기가 생겼다. 미리 방 열쇠도 챙겨놨다. 아무리 급해도 저것들이 제 아비를 죽이겠다고 문고리를 잡아 뽑진 않을 것이다. 창문을 부수지도 못할 테고.

그는 바닥에 누웠다. 낮은 침대에 손을 뻗어 베개를 내렸지만 머리 뒤에 밀어 넣는 것도 귀찮아 그대로 쥐고 있었다.

"아버님, 식사하셔야죠."

며느리의 입에서 낯선 말이 나왔다. 감염자가 되고 나서야 가족들과 함께 밥을 먹을 수 있단 말인가. 일규는 일주일에 한 번 며느리가 가져다주는 반찬을 전자레인지에 데워 먹곤 했다. 일규가 아들 가족과 한 테이블에서 식사한 건, 이 집에 이사 온 날 저녁 동네 중국집에서 시켜 먹었을 때가 유일하다. 자장면은 불어 터졌고 탕수육은 눅눅했다. 며느리가 탕수육에 소스를 부어버리자 손녀는 화를 냈다. 며느리는 어차피 바삭하지도 않은 튀김이었는데 뭔 상관이냐며, 먹기 싫으면 먹지 말라며 난폭하게 접시를 잡아끌었다. 그 바람에 소스가 일규의 옷에 튀었다. 그는 애써 아무렇지도 않은 척 불어버린 면발을 플라스틱 숟가락으로 잘라 입에 넣었다.

광고가 끝나고, 화면 속 세상이 다시 시끌벅적해졌다. 일규는 원래 TV를 즐겨보지 않는 편이었다. TV보다는 라디오를 좋아했다. 결혼 전에는 분수에 맞지 않는 하이엔드 오디오 시스템을 갖춰놓고 좋아하는 록 음악을 들었다. 자기 키만 한 스피커며, 진공관 앰프며, CD 플레이어는 일규의 보물이었다. 먼지가 쌓일까 봐 매일 부직포로 털고 닦았다. 신혼 때는 아내와 둘이 재즈를 들으며 와인을 마시기도 했다. 하지만 아들이 태어나고 나서는 중고로 처분해버렸다. 좁은 공간도 문제였지만 더는 그런 사치를 누릴 수 없다고 자신에게 타이르는 행위였다. 그래도 그에게는 라디오가 남아 있었다. 그는 다이얼로 주파수를 맞추는 아날로그식 라디오의 지지직 소리를 사랑했다. 라디오 편성표를 보고, 흘러간 팝송이나 클래식 방송을 주로 들었다. 반면 아내는 TV 피플이었다. 드라마, 리얼리티 쇼, 다큐멘터리 등 가리지 않았다. 일규의 집 거실에서는 언제나 TV 소리가 들렸다. 죽기 몇 년 전부터는 트로트 가수들이 잔뜩 나와 시청자들의 사연을 소개하고 신청곡을 부르는 프로그램을 즐겨봤다. 트로트도 나쁘지는 않았다. 다만 실없이 웃고 떠드는 시간을 참아내기 힘들었다. 아내는 질리지도 않는지 재방송을 해주는 채널을 찾아 같은 프로그램을 보고 또 봤다. 일규는 그들의 대사를 다 외울 지경이었지만 한 번도 짜증을 내지는 않았다. 그러니까 그날 오후는 예외였다. 시시덕거리는 소리가 들릴 때마다 누군가 머리에 박힌 가시를 살살 건드리는 것 같았다. 속이 더부룩해 억지로 트림을 했더니 점심으로 먹은 카레가 목구멍으로 역류했다. 이제 한계야, 더는 못 참겠어. 일규는 리모컨을 들어 TV를 껐다. 왜 그래, 여보. 웃으며 리모컨에 손을 뻗던 아내는 그의 표정을 보고 얼굴이 굳었다. 그리고 소파에서 일어나 장바구니를 챙겨 집을 나섰다. 부부싸움을 하면 아내는 언제나 가까운 마트에 갔다. 화가 풀릴 때까지 무작정 걷는다는 에스키모처럼 넓은 마트를 하염없이 돌다가 말린 대추 같은 것들을 사와 슬쩍 내밀곤 했다. 일규가 잘못했을 때도 먼저 사과하는 쪽은 아내였다. 그날도 일규는 제 잘못은 모르는 채 아내가 자두라도 사 오려나, 요즘 제철인 머루 포도여도 좋겠다, 내심 그런 기대를 하고 있었다. 그날 ACAS 바이러스가 창궐하지 않았다면 그랬을 것이다. 서로의 가슴에 앙금이 쌓여 있는 채로 실없이 웃고 별일 없는 듯이 살아가는 나날이 이어졌을 것이다.

감염률이 0.04퍼센트에도 미치지 않는 질병이 어째서 한날한시에 그렇게 많은 사람에게 발현됐는지, 지금까지도 원인을 밝혀내지 못했다. 칠 년이란 시간이 지났는데도 인류는 ACAS에 대해 아는 게 너무 없었다.

아내는 감염자가 아니었다. 재수 없게 감염자들 틈바구니에 있었던 것뿐이다. 기침, 각혈, 좀비라고밖에 생각할 수 없는 감염자들의 모습…. 아내는 겁에 질린 헌병의 총에 맞아 즉사했다. 그가 그날따라 변덕을 부리지 않았더라면, TV를 끄지 않았더라면 아내는 지금도 그의 곁에서 시시한 농담을 하고, 트로트 한 가락을 흥얼거릴 텐데. 일규가 죄책감에 시달리는 것은 당연한 수순이었다. 아내의 죽음으로 망연자실해 있는 사이, 아들 내외는 부지런히 움직였다. 청와대에 청원서를 제출하고, 국회 앞에서 일인 시위를 했다. 아내와 감염자들의 억울한 죽음에 대해 국가에서 보상금을 지급해주는 데는 꼬박 사 년이 걸렸다. 보상금을 받은 아들 내외는 일규의 앞에서 미소를 짓지 않기 위해 노력했다.

월세를 전전하던 아들 내외가 아버지를 모시겠다고 나섰다. 보상금으로 가족이 함께 살 집을 사자는 얘기였다.

속이 보이긴 했지만 그러라고 했다. 그때 이미 일흔아홉, 일규는 힘없고 외로운 늙은이였다. 일규는 서울 근교에 있는, 아들 내외가 고른 집을 샀다. 실내에는 통하는 계단이 없고 외부에만 계단이 있는 이층집이었다. 현관도 따로 있었다. 그는 1층을 썼고, 아들 가족은 2층을 썼다. 잠이 오지 않는 새벽이면 일규는 자그마한 앞마당에 나가 불 꺼진 2층을 바라봤다. 저기 내 혈육들이 살고 있구나. 적어도 고독사한 채 보름 동안 방치되는 일은 없겠구나. 그래, 그거면 됐다. 차가운 새벽 공기에 일규의 한숨이 하얗게 물들었다.

깔깔대는 소리에 놀라 눈을 떴다. 까무룩 잠이 들었나보다. 때와 장소를 가리지 않고 잠드는 기면증은 ACAS의 대표적인 증상이다. 일규는 리모컨을 집어 TV를 껐다. 화면이 어두워지자 장식장 위 아내 사진에 눈길이 갔다. 아내가 죽기 삼 년 전쯤이었나. 속초에 여행 갔을 때 찍은 사진이었다. 사진 속 아내는 바람에 날리는 머리카락을 손으로 넘기며 카메라를 응시하고 있었다. 쉰을 넘기고 나서 아내는 자신이 찍힌 사진에 좀처럼 만족하는 일이 없었으나, 이 사진만큼은 예외였다. 마음에 꼭 든다며 영정사진으로 써달라고 했다. 몸이 약한 아내는 일규보다 먼저 죽는 걸 기정사실처럼 말했고, 그도 어느 정도는 수긍하고

16

있었다. 다만 사고로 죽을 거라곤 상상도 하지 못했다. 어쨌거나 일규는 아내의 부탁을 들어주지 않았다. 영정사진으로 여권 사진을 확대해서 썼다. 그 사진을 영정사진으로 쓰면 볼 때마다 장례식장의 향냄새가 떠오를 것만 같아서였다. 아내가 알면 섭섭해하겠지만 죽은 사람이 뭘 알겠냐는 생각이었다.

"여보, 우리 자식한테 부담 안 주기로 했잖수. 당신이 벌써 여든둘, 팔십 년 넘게 살았으니 앞으로 고장 날 일밖에 더 있겠수? 얼른 나 있는 데로 오시구려."

사진 속의 아내가 웃으며 말했다. 비웃는 기색은 없었다. 하긴 젊어서 음악을 크게 들었더니 왼쪽 귀도 안 들리는 지 오래고, 임플란트를 박아놓은 잇몸에선 툭하면 피가 났다. 얼마 전에는 화장실에 가는 도중에 변을 지리고 말았다. 보는 사람도 없는데 얼굴이 홧홧했다. 일주일에 한 번 빨랫감을 걷어가는 며느리가 알세라 허겁지겁 팬티를 빨아 널었다. 성인용 기저귀도 사다 놨으나 아직 쓸 일은 없었다.

"그래도 저놈들 너무 괘씸하지 않아? 늙은 애비가 죽기만을 기다린 것처럼 빨리 나오라고 징징대는 꼴 좀 보라고."

"괘씸하면 어쩔 건데요? 이미 바이러스에 감염됐는데."

아내가 달래듯 말했다. 일규가 성을 낼 때면 아내는 그의 머리를 가만가만 쓰다듬어주었다. 지금 그 손길이 너무나 그리웠다. 두피에 난 뾰루지에 약을 발라주고, 그의 귓구멍에 작은 콧날을 묻으며 아유, 노린내, 하며 장난치던 시절. 그는 울렁이는 감정을 누그러뜨리며 말했다.

"그래, 당신 말이 맞아. 변종이라고 해도 썩어가는 건 매한가지. 죽기 싫다고 버텨봐야 썩어 문드러지기밖에 더하겠나. 손녀한테 추한 꼴 보이느니 깨끗한 할아버지로 기억되는 게 낫겠지."

"그렇다니까요. 얼른 나가봐요."

아내의 말은 대부분 옳았다. 자식들을 고깝게 생각할 필요는 없다. 일규가 바이러스에 감염된 건 그 애들 탓이 아니니까. 누구도 나쁘지 않다. 나쁜 건 상황뿐이다.

일규는 안경을 쓰고, 지갑을 챙기고, 문을 열고 거실로 나갔다. 방에 틀어박힌 지 만 하루만이었다. 식탁 위에는 말 그대로 진수성찬이 차려져 있었다. 살아 있는 시체 신세이니 살아서 받는 제사상이나 다름없었다. 성질 같아선 다 엎어버리고 싶었지만 아무리 변종이라도 바이러스에 감염된 이상 넘쳐나는 식욕을 거스를 도리는 없었다. 일규는 젓가락을 들었다. 손이 심하게 떨려 음식을 집을 수가 없었다. 손녀가 얼른 눈길을 피했다. 며느리가 숟가락에 고사리나물을 얹어 입가에 들이댔다. 모욕감을 느끼면서도 입이 벌어졌다. 그다음부터는 기억하고 싶지 않다. 명

태전이니, 갈비찜이니 하는 것들을 손으로 움켜쥐고 입에 욱여넣었다. 그러다 그만, 반쯤 들이켠 국그릇에 얼굴을 박은 채 잠이 들었다.

◇

정신을 차려보니 더러운 개천이 흐르는 굴다리 밑이었다. 회색 벽에는 누군가가 쓴 낙서가 빼곡히 채워져 있었다. 날짜가 적혀 있어 일기인가 했는데, 몇 구절 읽어보니 연애편지 같았다. 로맨틱한 건지 섬뜩한 건지. 고개를 젓던 일규는 화들짝 놀랐다. 꿈인 줄 알았는데 꿈이 아니었다. 왜 다이웰 주식회사가 아니라 이런 곳에 있는 거지? 그는 검은 곰팡이가 핀 듯한 뇌가 제대로 작동하기를 바라며 설핏 잠든 상태로 보고 들었던 것들을 기억해내려 애썼다.

잠들었어, 서둘러. 아들 내외의 속삭임. 자동차 키를 챙기던 아들. 며느리 손에 끼워진 라텍스 장갑. 현관문 사이로 얼굴을 내밀고 있던 손녀. 그 애는 입 모양으로 말했다. 미안해요, 할아버지. 차 뒷좌석에 짐짝처럼 실린 채 들었던 대화. 도중에 깨진 않겠지? 괜찮을 거야. 국에 수면제 한 통을 쏟아부었는데. 그냥 다이웰에 갈까? 정신 차려. 2450만 원이야. 계획대로 양재천에 가는 거야. 남들도 다 그래. 정신 차리라고 윽박지르던 쪽은 며느리였나? 아니면 아들이었나?

그제야 일규는 자신이 양재천에 있다는 걸 깨달았다. 감염자들의 무덤 양재천. 안락사를 시킬 수도 그렇다고 자기 손으로 끝낼 자신도 없는 이들이 감염자를 유기하는 곳. 누가 먼저 이곳에 감염자를 버렸는지는 알 수 없다. 그로 인해 주변 집값이 하락했으나 원래 노인들이 많이 살던 빌라촌이라 강남 전체 시세에까지 영향을 미치지는 않았다.

아들 내외가 다이웰 주식회사에 데려간다는 건 순전히 그의 착각이었다. 그는 주머니를 뒤졌다. 다행히 지갑은 그대로 있었다. 팔십 평생 살며 종교를 가진 적도 없었다. 줄곧 죽으면 끝이라고 생각해왔다. 지금도 그 믿음에는 변함이 없다. 그래도 이곳에서 죽긴 싫다. 자식에게 버려졌다는 느낌을 온몸에 염산처럼 뒤집어쓰고 죽을 순 없었다. 나쁜 건 상황이 아니다. 인간이다. 그걸 알면서도 인정하고 싶지 않았다. 자식이 나쁜 인간이란 걸, 쓰레기라는 걸 인정하면 제 인생이 실패했다고 인정하는 거나 마찬가지니까.

일규는 다이웰 주식회사에 가기로 했다. 여전히 죽기에는 억울하다고 생각했지만 다른 선택지가 없었다. 그는 힘겹게 몸을 일으켜 굴다리 밖으로 나왔다. 어기적어기적 걸음을 옮기는데 발밑에서 퍼석한 이질감이 들었다. 무심코 발끝을 보니 진흙 속에 묻힌 허연 뼈가 보였다. 자세히 들여다보지 않아도 누군가의 해골이라는 걸 알 수 있었다. 산책하다 죽은 새를 보아도 거둬서 묻어주던 일규였지만, 지금은 버려지고 밟히기까지 한 누군가를 위해 잠시 멈춰 애도할 여유조차 없었다.

시커먼 물이 흐르는 개천을 따라 걷다 보니 저 멀리 사람 그림자가 보였다. 건장한 체격의 남자가 구덩이 안에서 삽으로 무른 흙을 퍼내고 있었다. 꽤 오래전부터 그러고 있었는지 구덩이는 무릎이 보이지 않을 만큼 깊었다. 옆에 세워둔 트럭에는 망가진 마네킹 같은 시체들이 여러 구 실려 있었다. 일규는 그것이 좀비 사창가에서 온 트럭임을 직감했다. 예전에 양재 꽃시장이었던 곳 주변에 변태 성욕자들이 감염자들과 성매매를 하는 불법 업소들이 있다고 들었다. 실제로 가본 적은 없지만 모자이크가 화면의 반을 채우는 동영상으로 본 적이 있다. 부패를 지연시키기 위해 포르말린을 채운 욕조에 감염자들을 담가놓은 모습에 욕지기가 치밀었지만 영상 보는 것을 중단하지 않았다. 다큐멘터리 감독이 몰래 촬영한 영상이었다. 훗날 그 감독은 ACAS에 걸려 변해가는 자신의 모습을 적나라하게 촬영했다. 그 영상은 차마 끝까지 보지 못했다.

주차장을 가로질러 도로변으로 나오는데 시간이 얼마나 걸렸는지 모르겠다. 평소 같으면 오 분도 걸리지 않았을 텐데. 도로변으로 나온 일규는 혹시나 하는 마음에 택시를 기다렸지만 가망이 없었다. 도로에 택시 자체가 드물기도 하고, 어쩌다 지나가던 택시도 일규를 보고는 차선을 바꾸어 속도를 높였다. 괜찮다. 아직 해가 지지 않았다. 지하철을 타고 이동하면 된다. 일규는 굳은 무릎을 억지로 꺾어가며 양재시민의숲역으로 향했다. 삼백여 미터 거리를 가려면 또 얼마나 걸릴는지.

역에 도착하여 엘리베이터 앞에 서자 기다리고 있던 노인들이 약속이라도 한 듯 우르르 물러났다. 당황스럽지도 않았다. 그도 예전에는 감염자를 보면 최대한 티 나지 않게 거리를 두었다. 질병관리본부에서는 몸속에 이미 ACAS 바이러스 발현 인자를 가진 사람이 PL-1을 맞지 않은 감염자와 밀접 접촉한 경우에만 전염된다고 발표했지만 누구도 그 말을 믿지 않았다. 사실 믿고 안 믿고를 떠나 감염자들의 외모는 비감염자들에게 본능적인 거부감을 주었다. 다이윌 주식회사의 광고에도 불구하고 감염자들을 좀비라고 부르는 사람들은 여전히 많다. 그들을 좀비로, 인간과 다른 존재로 규정지음으로써 감염의 공포에서 벗어나고 싶어 하는 것이다. 인간은 이성적으로만 움직이지는 않는다. 그러므로 ACAS의 전염성보다 감염자의 불행이 전염되는 것을 더 두려워한다.

일규가 지하철에 타자 사람들이 썰물처럼 뒤로 물러났다. 어쩌면 썩는 냄새가 나서일 수도 있다. *씨발, 그의 뒤*

에서 낮은 욕설이 들려 왔다. 반사적으로 몸이 움츠러들 었지만, 공공장소에서 감염자를 해할 수는 없을 테니 모른 척했다. 〈ACAS 감염자에 관한 특별법〉 시행으로 감염 자에게 폭행이나 위해를 가하는 자는 2년 이하의 징역이나 500만 원 이하의 벌금에 처해진다. 그러니 아무 일 없이 목적지까지 갈 수 있을 것이다. 그런데도 목덜미에서 진땀이 배어 나오는 기분이었다. 물론 감염자는 땀을 흘리지 않는다. 그는 자기 앞의 빈자리에 앉았다. 맞은편 검은 창에 추레한 노인의 얼굴이 비쳤다. 창백한 낯빛, 피 맺힌 듯 붉게 충혈된 눈. 그 모습을 보는 것이 괴로워 눈을 감았다가 졸음이 오는 바람에 벌떡 일어났다. 사람들이 또다시 허둥지둥 물러났다. 누군가는 작게 비명을 지르기도 했다. 일규는 저도 모르게 한숨을 쉬었다. 콧구멍으로 들어간 공기가 제 역할을 하지 못하고 그대로 빠져나올 뿐인, 아무 효용도 없는 긴 숨이었다. 그는 출입문 위의 지하철 노선 도를 올려다보았다. 다이웰 주식회사가 있는 국회의사당 역에 가려면 신논현에서 9호선으로 갈아타야 했다. 제발 잠들지 않고 목적지까지 무사히 갈 수 있기를. 일규는 평생 믿지 않던 신에게 간절히 기도했다.

다이웰 주식회사는 국회 헌정기념관 건물 맞은편, H 카드 본사와 K 은행 사이에 있었다. 주변 건물에 비해 유난히 폭이 좁은 5층 건물은 거인의 치아 사이에 끼어 있는 불순물 같았다. 기도가 먹혔다고는 생각하지 않지만 어쨌거나 도중에 잠들지 않고 목적지에 무사히 도착했다. 무사히, 라니. 일규는 이내 쓴웃음을 지었다. 바이러스에 감염되어 죽으러 가는 상황과 너무나 어울리지 않는 단어였기 때문이다. 일규는 회전문을 통과해 안내 데스크로 갔다. 'Die Well Inc.'라는 은색 돋을새김 글자 아래 층별 안내 표지판이 붙어 있었다.

"예약하셨습니까?"

안내 직원이 물었다. 친절한 말투였지만 내심 혼자 온 감염자를 보고 놀라는 눈치였다. 일규는 고개를 저었다. 집에 있을 때보다도 혀가 더 굳어 말을 하기는 어려웠다. 그는 손목 안쪽에 새겨진 '完'자를 보여주고, 오른손을 내밀어 펜으로 글씨 쓰는 시늉을 했다. 직원이 책상 아래서 펜과 종이를 꺼내주었다. 펜을 집는 것도, 글씨를 쓰는 것도, 무엇 하나 쉽지 않았다. 안락사, 삐뚤빼뚤한 세 글자를 쓰는 데 족히 일 분이 걸렸다. 직원은 아무렇게나 그어놓은 선의 조합 같은 글씨를 가만히 들여다보다 아, 하고 작은 감탄사를 뱉었다.

"안락사를 원하신다는 거죠?"

일규가 고개를 끄덕였다. 벌어진 입에서 끈적한 침이 늘어졌다.

"잠시만요. 확인해보겠습니다."

직원이 어딘가로 전화를 걸었다. 네, 시현 씨. 안내 데스크인데요. 예약 없이 오신 분이 계십니다. 네네, 알겠습니다. 그렇게 하겠습니다. 통화를 마친 직원이 일규에게 말했다.

"지금, 가능하십니다."

그는 지갑에서 신용카드를 꺼내려다 직원에게 신용카드를 꺼내 가라는 시늉을 했다. 직원은 일규의 소지품이 방사능 폐기물이라도 되는 것처럼 엄지와 검지로 카드 끝을 잡고 끄집어내 단말기에 넣었다.

"사용 불가 카드입니다."

직원이 건조한 어조로 말했다. 그럴 리가 없다. 그의 통장에는 잔액이 오천만 원 넘게 들어있다. 일규는 세차게 고개를 저으며 검지를 세우고 외쳤다. 한 번만 더, 한 번만 더. 그러나 그 외침은 앙엉앙 어, 하는 옹알이 소리처럼 들렸다. 직원은 마지못해 다시 시도했지만 역시 사용 불가였다.

"분실신고된 카드라네요."

직원이 빨리 가줬으면 하는 얼굴로 말했다. 아들 내외가 그새 분실신고를 낸 것이다. 안락사, 안락사. 일규는 자신이 쓴 글자를 검지로 누르고 또 눌렀다. 불과 몇 시간 전만 해도 살인이라고 치부했던 일이, 지금은 너무나 간절한 염원이 되어버렸다. 직원이 책상 밑으로 손을 넣어 호출 버튼을 누르자 검은 양복을 입은 남자 둘이 나타났다.

"이만 가시죠."

남자들은 일규의 양쪽에서 연행하듯 팔짱을 꼈다. 그들보다 키가 작은 일규는 허공에 발이 뜬 채 달랑 들려 나왔다. 이거 놓으라고, 내 발로 나가겠다고 말하고 싶었지만 입에서는 스스로 듣기에도 흉측한 괴성만 새어 나왔다.

"안녕히 가십시오."

일규를 밖으로 내몬 남자들은 허리 굽혀 정중하게 인사했다. 그들이 건물 안으로 사라진 뒤에도 일규는 막막한 심정으로 회전문을 바라보고 있었다. 이제, 갈 곳이 없다.

터덜터덜, 길을 따라 걷다 이른 곳은 서강대교 남단 사거리였다. 왼쪽으로는 윤중로가, 오른쪽으로는 대형 교회가 보였지만 일규는 서강대교로 직진했다. 노을을 품은 강이 보고 싶었다. 일규는 보행자 도로에 서서 강을 내려다봤다. 저물어가는 태양이 강 위에 붉은 길을 만들었다. 바람에 일렁이는, 눈부신 붉은 길을 따라 걸을 수만 있다면. 등 뒤로 쌩쌩 지나가는 퇴근길 차량은 아랑곳하지 않은 채, 일규는 난간에 배를 대고 반짝이는 강물을 바라봤다.

"사람들이 왜 보석을 좋아하는지 알아?"

보석을 좋아하지 않는 아내가 어느 날 물었다. 그는 아내가 하는 질문의 답을 알 때도 모를 때도 언제나 모르는 척 "왜?"라고 반문했다. 그러면 아내는 신이 나서 이야기를 시작했다. 일규는 이야기의 내용보다 아내가 말할 때 움직이는 입술 모양을 보는 것이, 말하느라 숨 쉴 타이밍을 놓친 듯 가끔 몰아쉬는 숨소리를 듣는 것이 더 좋았다.

"물이 햇살을 받으면 반짝반짝 빛나잖아. 사람은 물 없이 살 수 없으니까 항상 그 반짝임을 쫓아다녔대. 그런 본능이 유전자에 새겨져 반짝이는 것들을 좋아하게 됐다는 거야. 결국은 생존 본능이라는 얘기지."

"그런 걸 어떻게 알았어?"

"글쎄. 책에서 읽은 것 같아. 무슨 책이냐고는 묻지 말아줘. 나도 여태껏 찾다 포기했으니까."

"그런데 당신은 보석에 별 관심 없잖아."

"응."

"그럼 생존 본능이 부족한 거야?"

"아니. 난 물을 좋아하잖아. 원시적인 생존 본능이 강한 거지."

그러면서 아내는 언젠가 강이 보이는 아파트에 살고 싶다고 했다. 한강이 보이는 아파트는 다 비싸니까, 나중에 은퇴하면 강이 있는 지역에 가서 살자. 바다는 어때? 제주

도에 가서 살까? 그런 이야기도 나눴던 것 같다. 물가에 살자는 소망은 끝내 이뤄지지 않았다.

이럴 때 아내라면 어떻게 했을까. 자신이 좋아한 물속으로 다이빙하지 않았을까. 물속에 뛰어든다고 익사하지는 않겠지만, 물고기 밥이 된다고 해도, 뇌가 녹아 없어질 때까지 물 위를 떠다닌다고 해도 지금보다 나쁠 건 없다. 운이 좋으면 바위에 부딪혀 머리가 깨져버릴 수도 있을 것이다. 귀로 들어간 작은 물고기들이 뇌를 조금씩 뜯어먹어도 좋겠다. 그는 강물을 유심히 살피며 난간을 따라 걸었다. 그 사이 노을은 사라지고 주변이 푸른 어둠으로 물들어갔다. 물도 한층 검어 보였다. 일규는 검은 물속에서도 더 검은 그림자가 어른거리는 곳에 멈춰 섰다. 어두운 부분에는 바위가 있을 확률이 높았다. *여기서 뛰어내리자.* 신발을 벗으려는데 문득 현실감각이 돌아왔다. 한강에서 시신이 발견되면 아들 내외가 벌금을 물게 될 것이다. *노인네, 어떻게 여의도까지 갔대? 난들 알아. 하여간 별난 노인네라니까.* 아들 내외 투덜거리는 소리가 귓가에 들리는 듯했다. 상관없다. 안락사 비용조차 아까워 그를 버린 자식들이다. 할 수 있다면 벌금보다 더한 페널티를 주고 싶다. 가만, 재산을 어디 기부해버린다고 유서를 쓸까? 일규는 서강대교 건너편 편의점에서 볼펜과 편지지, 편지봉투를 사서 유언장을 작성하는 자신을 상상했다. 그러나 그의 손으로는 유서를 쓸 수도 없거니와, 감염자가 쓴 유서는 법적인 효력도 없을 것이다. 어차피 집을 산 돈은 일규가 번 돈이 아니다. 아내가 죽고 받은 보상금, 아들 내외가 없었다면 챙기지 못했을 돈이다. 이제 돈 따위 아무래도 좋았다. 다시 신발을 벗으려던 일규가 멈칫했다. 그는 예전부터 투신자살하는 사람들이 왜 신발을 벗는지 이해할 수 없었다. 자신이 이런 처지가 됐는데도 알 수 없었다. *벗지 말자. 흔적을 남기지 말자.* 그는 신발을 신은 채 바람에 날아가는 종이처럼 훌쩍 뛰어내렸다. 그러나 종이라고 하기엔 엄청나게 큰 소리가 들렸고, 몸이 물속 깊이 가라앉았다. 깊이, 아주 깊이. 강바닥의 부드러운 흙이 손에 잡힐 정도로.

바닥에 그대로 눕고 싶다고 생각했을 때 몸이 떠오르기 시작했다. 너무 빠른 속도로, 소용돌이에 휘말린 것처럼 빙글빙글 돌며. 그는 이미 평형기관의 기능을 상실했기에 어지럼증을 느끼지는 않았다. 다만 악몽을 꾸는 듯했다. 가위에 눌렸을 때처럼 몸은 마비되었는데 정신만이 또렷한 상태가 이어졌다. 차라리 생각이 멈춰버리는 편이 나을 것 같았다. 이건 저주다. 일규는 처음으로 변종이 아닌 감염자가 부러웠다. 아무 생각도 할 수 없다면, 오직 식욕만 남는다면 주변 사람은 괴로울지 몰라도 스스로는 괴롭지 않을 테니까. 양재천에 버려져도 비참하다는 생각조차 하지 못했을 테니까. 그 순간, 머리에 둔중한 충격이 가해졌다. 그가 바라던 대로 튀어나온 바위에 부딪힌 것이다. 현기증을 느끼지 않는 것처럼 고통도 느끼지 않았다. 단지 몸이 가벼워지는 게 느껴졌다. 드디어, 머리가 부서진 거야. 죽을 수 있게 되었어. 자신에게 운이 남아 있었다며 기뻐하던 일규는 다음 순간 절망했다. 얼굴 옆으로 그의 몸이 떠내려가고 있었다. 머리 없는 몸이.

결국은 머리만 남아버렸다. 그는 머리만 존재한다. 통속의 뇌가 아닌 물속의 머리로, 뇌가 흐물흐물 녹아버릴 때까지 죽은 채로 살아 있을 것이다. 일규는 자신의 머리 옆으로 지나가는 거북이의 사체와 회색 풍선처럼 배가 부풀어 오른 쥐의 사체를 보았다. 이대로라면 그의 머리통도 불어 터져 인간의 얼굴에 진흙을 덕지덕지 붙여놓은 듯한 몰골이 될 것이다.

단 한 번도 사후 세계를 믿은 적은 없다. 그래도 그의 볼을 어루만지는 기분 좋은 바람이 불 때면 아내의 영혼이 실려 있다고 믿고 싶어지곤 했다.

진아, 보고 싶다. 곧 만나자.

그는 머릿속으로 중얼거렸다. 짙은 남색 하늘이 맑다. 그날의 하늘과 같은 짙푸른 색이다. 오십 년 전, 아내를 처음 만난 날.

그날은 취업이 결정된 날이었다. 수십 차례의 탈락 끝

에 원하던 직장에 들어가게 된 것이다. 흥분한 탓인지 좀처럼 잠이 오지 않았다. 그는 맥주 한 캔을 마시고, 헤드폰을 쓰고 밖으로 나왔다. 손에는 큼지막한 워크맨을 들고, 비틀스의 노래를 들으며 근린공원을 산책했다. 바람도 선선한 밤, 기분이 좋았다. 헤드폰에서는 〈옐로 서브마린〉에 이어 〈어크로스 더 유니버스〉가 흘러나왔다. *Words are flowing out like endless rain into a paper cup…* 그는 가사를 따라 부르며 느리게 춤을 추었다. 눈을 감고 팔을 벌리고 비행기 놀이를 하는 아이처럼, 바람에 흔들리는 허수아비처럼. 새벽의 공원에 누가 올 거라고는 상상도 하지 못했다. 나중에 듣기로는 아내도 잠이 오지 않아 산책을 나왔다고 했다. 처음에는 귀신인 줄 알았는데 춤을 정말 못 추는 사람이더라, 그런데 그 사람이 흥얼거리던 노래가 마침 내가 좋아하는 노래더라, 겁도 없이 구경하다가 가까이 다가간 거야. 불면증에 시달리고 있어 정신이 어떻게 됐었나 봐. 아내는 변명처럼 말했다. 아니, 당신은 우주를 건너 내게 온 거야. 일규는 확신했지만 한 번도 말한 적은 없었다. 어떤 귀한 말은 입 밖으로 나오는 순간 우스꽝스럽게 변질된다.

눈을 떴을 때 약간 놀란 얼굴로, 그의 앞에 서 있던 아내의 모습. 그는 제자리에서 펄쩍 뛸 정도로 놀랐고, 아내는 배시시 웃었다. 아내의 얼굴에 달라붙어 있던 머리카락 한

올과 약간 말려 올라간 흰색 블라우스 소매, 무릎을 덮는 길이의 남색 치마. 모든 것이 사진을 보는 것처럼 또렷하게 기억난다.

가장 반짝이는 것, 보석 같은 기억이 마지막 순간에 찾아와준 건 얼마나 큰 축복인가.

일규는 눈을 감았다. 이번에도 눈을 뜨면 아내가 그의 앞에 있을 것이다. 약간 놀란 얼굴로, 부드러운 미소를 머금은 채. 불어 터진 그의 입가에 희미한 미소가 떠올랐다.

에이의 손가락

2022년 밀리의 서재 오리지널 단편집 『살』 수록

1

한때 에이에게는 특별한 숟가락이 있었다. 지금은, 아니다.

오랜 시간이 흘렀음에도 에이는 밥을 먹을 때 숟가락을 쓰지 않았다. 오직 젓가락만으로 반찬과 밥알을 세듯이 조금씩 먹었다. 국은 거의 먹지 않았고, 어쩌다 먹을 일이 있으면 두 손으로 다소곳이 그릇을 받쳐 들고 국물을 마셨다. 그렇다고 에이가 국을 싫어하는 건 아니었다. 어렸을 때는 엄마가 해주는 소고기 뭇국에 밥을 말아 총각김치랑

먹는 걸 좋아했다. 그 특별한 숟가락과 만나기 전까지는 설렁탕도 곧잘 먹었다. 아니, 특별한 숟가락을 만나고 나서도 한동안은 평범한 숟가락으로 음식 먹는 일에 아무런 저항감이 없었다. 비로소 숟가락의 용도를 알게 되기 전까지는 그랬다.

2

에이가 숟가락과 조우하게 된 건, 대학을 졸업할 무렵이었다. 장마가 끝나고 여름방학을 며칠 앞둔, 습도가 높고 후텁지근한 날이었다. 오전 강의가 끝나고, 학생회관에서 점심을 먹은 에이는 영어 회화 수업을 듣기 위해 어학당으로 향하고 있었다. 어학당으로 가기 위해서는 소나무가 많아 '청송대'라고 불리는 숲을 지나야 했다. 그러나 청송대에는 소나무보다 수풀 사이사이 벤치에 앉아 있는 커플이더 많았다. 약속이나 한 것처럼 그들은 키스를 하고 있었다. 어떤 커플은 인기척을 느끼면 어색하게 떨어져 앉기도 했지만, 어떤 커플은 너무 열중해 에이가 바로 옆을 지나가는 줄도 모르고 혀를 날름거렸다. 어쩌면 알면서도 상관않는 것 같기도 했다. 설마 본인들이 영화의 주인공들처럼 아름다울 거라고 착각하는 건 아니겠지. 팔딱이는 눈꺼풀

아래로 허옇게 뒤집히는 눈동자를 보며, 에이는 오징어로 변하는 그들을 상상했다. 대기의 습도와 그들의 열기가 적당한 비율로 섞이면, 그들의 혀와 얼굴과 몸은 전자레인지에 돌린 젤리처럼 녹아 한데 엉겨 붙을 것이다. 하나의 머리, 네 개의 팔, 네 개의 다리. 에이는 오징어가 된 커플을 질질 끌고 가서 공대 앞 분수대에 풀어놓고 싶었다. 숲에서 빠져나와 어학당 건물에 도착할 무렵, 오징어의 다리가 열 개라는 사실을 깨달았다. 다리가 여덟 개인 쪽은 문어였다.

아무려면 어때.

에이는 어학당 안으로 들어갔다. 그리고 매점이 있는 지하 1층으로 내려갔다. 호올스를 사기 위해서였다. 알레르기성 비염이 있는 에이는 하늘색 호올스를 입에 넣고 코로 숨 쉴 때 뻥 뚫리는 듯한 느낌이 좋았다. 노란색도, 빨간색도, 파란색도 안 된다. 반드시 하늘색이어야 한다.

그 숟가락은 매점 옆 식당 바닥에 떨어져 있었다. 천사의 날개에서 떨어져 나온 듯한 깃털 무늬가 새겨진, 자루 부분이 유난히 짧고 머리 끝부분이 뾰족해 삶은 달걀처럼 생긴 은색 숟가락이었다. 오후의 창으로 들어오는 햇빛을 받은 숟가락이 하얀 이를 드러내고 웃는 것처럼 반짝 빛났다. 숟가락의 미소 때문이었을까. 에이는 길거리에 떨어진 물건을 잘 줍지 않는 편—설령 그것이 돈이나 지갑이라고 하더라도—이었지만, 자기도 모르게 허리를 굽혀 숟가락을 주웠다. 조금 전 호올스를 판매한 아주머니가 에이를 호기심 어린 눈으로 바라봤다. 아주머니는 매점과 식당을 같이 운영하고 있었다. 에이는 아주머니에게 다가가 숟가락을 내밀었다.

이게 바닥에 떨어져 있었어요.

어, 그거 우리 숟가락 아닌데.

아주머니는 호기심을 잃은 듯 고개를 돌렸다. 숟가락을 든 채 잠시 머뭇거리던 에이는 화장실로 갔다. 그리고 손 끝에 비누를 묻혀 숟가락을 닦았다. 숟가락의 가장자리는 잘 벼린 칼처럼 날카로웠다. 이런 물건으로 밥을 먹었다간 입안이 다 찢어져 너덜너덜해질 것이다.

이건 평범한 숟가락이 아니야.

그렇게 생각한 순간 숟가락이 화답하듯 반짝 빛났다. 에이는 잘 닦은 숟가락을 휴지로 싸서 배낭 안쪽 주머니에 넣어두었다. 회화 시간에도 가방 안에 있는 숟가락이 자꾸 떠올라 집중하기 어려웠다. 에이는 어학당 수업이 끝나자마자 집에 돌아갔다.

명륜동에 있는 에이의 집은 2층 단독주택이었다. 사자 머리가 두 개 달린 오래된 대문이 있었지만 에이의 가족들은 그 옆에 있는 작은 문으로 다녔다. 에이는 작은 문을 열쇠로 열고 정원을 지나, 현관을 현관 열쇠로 열었다. 집은 언제나처럼 어둡고 고요했다. 에이는 어둠과 고요를 사랑했다. 에이의 오빠는 여자친구와 동거하고 있었고, 엄마는 작업실에서 돌아오지 않는 날이 많았다. 아빠는 미국에 있었다. 은행 지점장이었던 아빠는 에이가 고등학교 3학년 때 은행에서 어마어마한 돈을 횡령하고 미국으로 달아났다. 엄마는 언젠가 우리 가족이 다시 모여 살 수 있을 거라 말했지만, 스스로도 그 말을 믿는 것 같지는 않았다. 에이는 아무도 없는 집의 낡은 가죽 소파에 앉아, 뿌연 먼지가 쌓인 창 너머로 황폐해진 정원을 바라보며 더 이상 쓰지 않는 벽난로가 차가운 불길을 내뿜는 것을 상상하곤 했다.

2층에 있는 자신의 방으로 간 에이는 가방에서 숟가락을 꺼내 감았던 휴지를 풀고 입김을 불어 먼지를 날려버렸다. 그리고 숟가락을 책상 첫 번째 서랍에 넣어두었다. 첫 번째 서랍은 에이의 보물 상자나 다름없는 공간이었다. 보물 상자 안에는 에이가 중학교를 졸업할 때까지 집에 일하러 오던 아주머니가 면실로 떠준 인형 옷과 오빠 방에서 몰래 가져와 사지를 잘라버린 스파이더맨 피규어, 그리고 마루의 머리뼈가 들어 있었다. 마루는 에이가 초등학교 4학년 때부터 키웠던 포메라니안인데 에이가 고등학교에 입학하던 봄에 죽었다. 엄마는 자기가 직접 만든 나무 관에 죽은 마루를 넣어 뒷마당에 묻어주었다. 에이는 기독교

신자가 아니었지만 마루가 묻힌 자리에 십자가를 세워주었다. 고3이 되었다고 모든 것에 트집을 잡던 오빠는 십자가 위에 침을 뱉으며 말했다.

시끄러운 개새끼 잘 죽었다.

일 년 후, 에이는 엄마와 오빠가 집을 비운 새벽에 꽃삽으로 십자가 밑을 파헤쳤다. 마루의 관은 야트막하게 묻혀 있었다. 에이는 관뚜껑을 열기 전에 잠시 망설였다. 구더기가 바글거리거나, 지독한 냄새가 날까 봐서였다. 가장 두려운 건 세균이었다. 에이는 세균에 대한 공포증을 갖고 있었다. 하지만 마스크와 보안경도 썼고, 엄마가 주방에서 쓰는 일회용 라텍스 장갑도 두 겹으로 겹쳐서 꼈으니 괜찮을 것이다. 숨을 참으며 상자를 열어보았다. 상자 안은 에이가 상상했던 것과는 다른 방식의 두려움을 안겨 주었다. 하얀 뼈에 고스란히 붙어 있는 황갈색 털들. 썩지 않은 털 때문에 마루의 사체는 몹시 기괴해 보였다. 에이는 엄지와 검지로 마루의 머리뼈를 집어 들었다. 갓난아기 주먹만 한 크기의 머리뼈는 별 저항감 없이 목에서 분리되었다. 에이는 붙어 있는 털을 털어내고, 뒷마당 잔디 위에 머리뼈를 놓은 다음 상자 뚜껑을 덮어 원래 있던 자리에 도로 묻었다. 그리고 마루의 머리뼈를 욕실로 가져와 라텍스 장갑을 낀 채 거품 비누로 구석구석 닦았다. 마루를 목욕시킬 때 얇은 거죽 아래로 만져졌던 단단한 머리뼈의 감촉이 떠올라 입가에 저절로 미소가 지어졌다. 에이는 마루의 머리뼈를 드라이기로 잘 말린 다음 지퍼 백에 넣어 첫 번째 서랍 뒤쪽에 놓아두었다.

에이는 남들보다 뒤늦게 자해를 시작했다. 고등학교 시절, 반 아이들이 자해한 손목을 자랑스럽게 들이밀 때만 해도 왜 자신의 몸에 흉터를 만드는지 이해할 수가 없었다. 대학교에 가서야 에이는 우울이라는 감정을 배웠다. 대학에 들어가기 전에는 입시를 위해 정해진 문제를 풀고, 답을 맞혔을 때 느끼는 단순한 기쁨만이 인생의 전부였다. 그러나 대학에서는 그런 식의 기쁨을 누릴 수가 없었다. 인문학에서는 절대적으로 규정된 명쾌한 답을 얻는 것이 불가능해 보였다. 뒤늦게 에이는 이과를 선택하고 수학과에 갔어야 한다고 생각했다. 답이 있는 삶, 그것이 에이가 원하는 삶이었다. 답이 없는 삶의 지속은 우울을 깊어지게 했다. 그런 것들을 상의할 수 있는 가족도, 친구도 없었다. 설령 누군가 있다고 해도 우울의 원인을 논리적으로 설명할 자신이 없었다. 그때 에이는 자해하던 아이들을 떠올렸다.

에이는 미피가 그려진 플라스틱 대야에 따뜻한 물을 받아 온 다음 연필꽂이에 있던 커터를 알코올 묻힌 솜으로 소독했다. 그리고 침대 옆에 쪼그리고 앉아 손목을 그었다. 삼 센티미터쯤 그어진 손목을 물에 담그면 피가 배어 나와 물속에 퍼져 나갔다. 붉은 연기처럼 퍼져 나가는 피를 보고 있으면 우울한 마음이 어느 정도 가라앉았다. 가장 좋은 건, 너무 깊이 긋지만 않는다면 흉터도 남지 않는다는 점이었다. 에이는 세균만큼이나 흉터가 생기는 것이 두려웠다.

에이는 숟가락이라는 새로운 보물이 생긴 기념으로 자해를 했다. 물론 커터 대신 숟가락을 사용했다. 그런데 숟가락은 예상보다 훨씬 날카로웠다. 아니, 그건 날카로움이라고 설명할 수만은 없었다. 숟가락은 자신의 의지를 가진 듯 에이의 손목을 깊게 베었다. 베인 상처가 식충식물처럼 입을 벌리고, 붉은 피를 꿀럭꿀럭 쏟아냈다. 연기처럼 피어오르는 아름다운 피의 향연 따위는 없었다. 놀란 에이는 숟가락을 바닥에 떨어뜨렸다. 쨍그랑, 소리를 내며 숟가락이 떨어졌고 묻어 있던 피가 방사형으로 흩어졌다.

나를 봐.

에이의 귓가에 누군가 속삭였다. 숟가락의 목소리였다. 바닥에 떨어진 숟가락이 약하게 진동했다. 그러자 흩뿌려진 피들이 기름방울처럼 점성을 띠고 동그랗게 뭉쳤다. 동그란 핏방울들은 자석에 끌려가는 쇠 구슬처럼 숟가락 쪽으로 이동했다. 숟가락의 오목한 바닥에 피가 고이고, 안에 스펀지라도 있는 것처럼 피가 스며들었다. 한순간 붉은 빛이 돌던 숟가락이 은색으로 빛났다.

에이는 벌어진 상처에서 흐르는 피를 숟가락 위에 떨어뜨렸다. 오목한 부분에 7부 정도 피가 고이자, 기다렸다는 듯 숟가락이 피를 빨아들였다. 피를 마신 숟가락은 공장에서 막 나온 제품처럼 윤기가 흘렀다.

왼쪽 손목의 흉터를 볼 때마다 에이는 책상 서랍에 들어 있는 목마른 숟가락을 생각했다. 에이 자신도 물로는 해결되지 않는 갈증을 느꼈다.

3

대학을 졸업하고 취업 준비를 하느라 매일 집에서 노트북을 들여다보고 있는 날들이 이어졌다. 에이의 오빠가 집에 돌아오지 않았다면 그날도 별 의미 없는 하루에 지나지 않았을 것이다.

그년이랑 헤어졌다.

짜증이 가득한 얼굴로 들어온 오빠가 기다란 더플백을 바닥에 던졌다. 오빠의 코끝에 걸린 은테 안경이 신경질적으로 빛났다. 에이는 현명한 선택을 한 여자친구의 앞날을 마음으로 축복해주었다. 에이의 오빠는 쓰레기였다. 에이

자신도 그다지 고귀하다고 생각하지는 않았다. 오빠가 썩어빠진 음식물 쓰레기라면 에이는 플라스틱 생수병쯤 되려나.

에이가 거실 소파에 널브러진 쓰레기를 치워야겠다고 생각한 데는 숟가락의 영향도 있었을 것이다. 에이는 2층으로 올라가 책상 서랍을 열었다. 그를 본 숟가락이 기뻐했다.

드디어 마루의 복수를 하는 거야?

숟가락이 물었다.

복수라고 하기엔 너무 거창하고, 그냥 환경 미화라고 하자.

에이는 숟가락을 손에 쥐었다. 그리고 1층으로 내려갔다. 그는 마루를 죽인 게 오빠라는 사실을 알고 있었다. 세상에는 눈으로 직접 보지 않아도 알 수 있는 것들이 있는 법이다.

오빠는 여전히 소파에 늘어져 텔레비전을 보고 있었다. 에이는 리모컨을 들어 전원을 껐다.

뭐냐?

왜 죽였어?

뭘 죽여?

마루, 네가 죽였잖아.

미친년, 뭔 개소리냐. 숟가락은 왜 쳐들고.

역시, 조금의 양심도 없는 인간이다. 이제 와 인정한다고 해도 달라질 건 없었지만.

조용히 돌아선 에이는 안방으로 들어갔다. 엄마의 침실로 쓰는 방에서는 은은한 향기가 났다. 어렸을 때는 이 향기가 엄마 냄새라고 생각했다. 어느 날 에이는 엄마가 소변을 보고 나온 화장실에 바로 들어갔다가, 코를 찌르는 지린내에 헛구역질을 했다. 분명히 물을 내렸는데도 역겨운 냄새는 남아 있었다. 그러니까, 엄마의 손끝과 머리카락과 가슴에서 나던 좋은 향기는 엄마 냄새가 아니라 미스 디올이라는 향수 냄새였다.

에이는 머리맡에 아기 천사들이 조각된 엄마의 침대에 누웠다. 에이와 오빠가 태어나기 전, 엄마가 혼수로 가져온 침대였다. 아빠와 엄마는 이 침대에서 섹스를 해서 오빠와 나를 만들었겠지. 같은 침대에서 생성되고, 같은 자궁에서 태어난 두 마리의 짐승. 한 마리가 다른 한 마리의 소중한 소유물을 파괴했으니, 다른 한 마리는 그 앙갚음으로 한 마리의 육체를 파괴할 것이다. 이제 더러운 짐승이 잠들기를 기다리는 일만 남았다.

코 고는 소리가 일정해졌다. 에이는 방문을 열고 거실로 나왔다. 오른손에 숟가락을 꽉 쥔 채. 오빠는 티셔츠를 가슴까지 말아 올리고 허연 배를 내놓은 채 자고 있었다. 오빠는 잠을 잘 때 배를 내놓는 버릇이 있었다. 에이는 발끝으로 걸어가 오빠 옆에 섰다. 그리고 오빠의 머리 위로 손을 몇 번 휘저어봤다. 오빠는 깊이 잠들어 있었다. 숟가락 덕분인지 별로 떨리지 않았다. 에이는 아이스크림을 퍼먹을 때처럼 오빠의 배꼽에 숟가락 끝을 대고 가볍게 내리눌렀다. 지방이 없는 오빠의 뱃살은 냉동실에서 십 분쯤 꺼내놓은 아이스크림처럼 부드럽게 파였다. 잠에서 깬 오빠가 소리를 질렀다. 에이는 그의 벌어진 입에 방금 떠낸 살을 먹여주었다. 입안에서 숟가락을 한 번 돌렸을 뿐인데, 혀뿌리가 숭덩 잘려 나왔다. 혀가 잘린 오빠는 여전히 소음을 냈지만 비명 소리처럼 시끄럽진 않았다. 에이는 숟가락을 거꾸로 세워 오빠의 배 한가운데 깃발처럼 꽂았다. 자루를 타고 올라간 피가 숟가락을 선홍색으로 물들였다. 에이는 주머니에서 핸드폰을 꺼내 쇼팽의 녹턴을 재생했다. 마루가 죽은 날, 엄마의 턴테이블에서는 녹턴이 끊임없이 흘러나왔다.

사람은 죽여도 개는 죽이지 말아야지.

에이의 말에 오빠의 동공이 크게 확장되었다. 그래도 같은 자궁에서 나온 인간이니 자기가 죽어야 하는 이유 정도는 알려주는 게 예의라고 생각했다. 음악이 끝날 무렵, 오빠의 얼굴은 두부처럼 하얗게 변해 있었다.

피가 한 방울도 남지 않은 시체는 그다지 무겁지 않았다. 에이는 오빠의 사지를 잘랐다. 자르고 싶은 부위에 숟가락을 갖다 대기만 해도 솜씨 좋은 요리사가 참치를 해체하는 것처럼 말끔히 잘렸다. 사지가 없는 오빠는 보물 상자 속 스파이더맨과 닮아 있었다. 축소할 수 있다면 보물 상자에 넣어두고 싶었다. 에이는 오빠의 시체를 뒷마당에 묻었다. 마루의 무덤에서 가장 멀리 떨어진 곳이었다. 에이의 보물 상자에 오빠의 안경이 추가되었다.

오빠의 피를 전부 마신 숟가락은 사흘이 지나고 나서야 은빛으로 돌아왔다.

사람을 죽이는 것, 그것이 이 특별한 숟가락의 용도였다. 에이는 그날 이후 밥을 먹을 때 어떤 숟가락도 사용할 수 없게 되었다. 오직 젓가락만으로 밥과 반찬을 조금씩 먹었다.

4

오빠 못 봤니?
오빠를 죽이고 보름 정도 지났을 때였다. 집에 들어온 엄마가 물었다. 에이는 고개를 저었다. 엄마는 주방으로 가서 냉장고 문을 열고, 토마토 주스를 꺼냈다. 주방에 서 있는 엄마의 뒷모습을 보며, 에이는 어린 시절을 떠올렸다. 에이가 아직 초등학생일 때, 엄마는 예쁜 앞치마를 두르고 에이에게 미니 햄버거를 만들어주었다. 두꺼운 고기 패티와 양상추가 들어간 투박한 햄버거였다. 때로 엄마는 고구마튀김을 만들어 에이에게 팔기도 했다. 에이가 오백 원어치 주세요, 하면서 게임할 때 쓰는 장난감 돈을 내면 엄마는 기쁜 얼굴로 돈을 받아 앞치마 주머니에 넣었다. 반듯하게 접은 냅킨에 싸인 고구마튀김은 뜨겁고 바삭하고 달콤했다. 그 시절 엄마는 에이의 것이었다. 아빠는 회사에서 늦게 오고, 오빠는 자기 방에 틀어박혀 게임만 했다. 에이는 언제까지고 엄마를 독점할 수 있을 거라 믿었다. 원래 어린애들은 허황된 상상을 하는 법이다.

엄마는 에이에게 묻지도 않고 주스 두 잔을 테이블로 가져왔다.

앉아.

엄마가 자기 맞은편 의자를 가리켰다. 에이는 엄마의 검지가 가리키는 의자에 앉았다.

엄마가 서류상으로 아빠랑 이혼한 건 알지?

에이는 고개를 끄덕였다. 토마토 주스 때문에 엄마의 입술과 혀가 유난히 빨갰다.

너희한테 비밀로 하고 있었지만, 아빠는 이미 일 년 전에 다른 여자랑 결혼했어. 너희도 이제 알아야지.

엄마는 심각한 얼굴로 띄엄띄엄 얘기했지만, 아빠에 대한 소식은 에이에게 수업 시간에 필기하던 도중 연필심이 부러졌을 때만큼의 충격도 주지 못했다. 아빠가 에이의 인생에서 차지하는 존재감이란, 어릴 때부터 책장 한구석에 꽂혀 있던 백과사전 정도였다. 횡령 사건을 일으키고 미국으로 갔을 때도 에이는 아빠를 잃었다는 상실감을 느끼지 않았다. 한 번도 펼쳐보지 않은 백과사전이 사라졌다고 해서 슬퍼하지 않는 것과 마찬가지였다. 에이가 아무런 반응을 보이지 않자 엄마는 건조한 손을 비비며 초조해했다. 엄마의 손바닥에서 바스락거리는 소리가 났다. 신경에 거슬리는 소리였다. 에이는 엄마가 원하는 질문을 해주기로 했다.

오빠는 왜?

엄마가 얼마 전에 좋은 사람을 만났거든. 그분이 엄마한테 청혼했어. 어차피 아빠는 돌아오지 않을 거고, 엄마도 남은 인생을 외롭게 보내고 싶진 않아. 물론 너희들이 있긴 하지만, 내가 무슨 말 하는지 알지? 그래서 그분이랑 결혼할 거야.

에이는 자리에서 일어났다. 그리고 주스 잔을 들어 단숨에 비웠다. 입안에 남아 있는 찝찌름한 토마토 주스를 목으로 넘기며 2층으로 올라갔다. 엄마의 시선이 뒤통수에 달라붙는 게 느껴졌다. 엄마를 독점하거나 소유할 수 없다는 정도는 알고 있다. 하지만 오빠를 죽였으니 엄마의 머릿속에서 에이가 확보하는 지분이 그만큼 늘어날 거라 기대했었다. 그런데 그분의 등장이라니, 에이의 지분은 그대로, 아니 더 줄어들지도 모른다. 더 이상 엄마의 우선순위와 엄마의 뇌내 지분 같은 것을 생각하며 상처받고 싶지 않았다. 엄마가 있는 한 에이는 그런 것들을 끊임없이 신경 쓰며 살아야 할 것이다. 상처받지 않을 방법은 한 가지였다.

엄마가 세상에서 사라지는 것.

에이는 책상 서랍을 열고 숟가락을 꺼냈다. 숟가락이 들어 있는 서랍에서는 피비린내가 났지만, 에이는 비염 때문에 그 냄새를 맡을 수 없었다.

주방으로 돌아온 에이에게 엄마는 무언가 물으려다 입을 다물었다. 그리고 에이의 눈을 가만히 바라봤다. 언제나 닮고 싶었던 엄마의 홍차색 눈동자는 세월에 깎여 빛이 바랬지만, 여전히 아름다웠다. 에이는 엄마가 자신에게 왜 2층에 올라갔냐고 물어봐주길 바랐다. 그래준다면 숟가락에 대해 털어놓을 수도 있을 것 같았다.

네 오빠한테도 말해야 하는데, 연락이 안 되네. 오빠 어디 있는지 알아?

지금 엄마에게 최우선 순위는 결혼이었다. 에이에 대한 생각은 엄마의 귓바퀴 뒤쪽 어딘가 붙어 있으려나.

내가 죽였어.

에이는 담담하게 말했다.

어?

내가 오빠를 죽였다고.

엄마는 울 것 같은 표정을 지으며 웃었다. 웃다가 사레가 걸려 헤어볼을 뱉어내는 고양이처럼 한참 동안 캑캑거리다가 잔뜩 갈라진 목소리로 말했다.

딸, 농담이 심하잖아.

엄마, 우리 농담하는 사이 아니잖아.

에이가 주머니에서 숟가락을 꺼내 들었다. 숟가락이 존재감을 과시하듯 반짝 빛났다.

이게 뭐야? 숟가락을 왜….

에이는 엄마가 상황을 파악하기도 전에 엄마의 왼쪽 눈밑에 숟가락을 밀어 넣었다.

안녕, 엄마.

에이는 엄마의 눈 아래 박힌 숟가락을 빼서 경동맥에 찔러 넣었다. 핏빛 숟가락이 전율했다. 에이의 눈에서 눈물이 흘렀다. 소유할 수 없다면 소멸시키는 것, 그것이 에이의 논리였다.

엄마의 시체도 뒷마당에 묻었다. 오빠의 시체를 묻은 곳에서 가장 멀리 떨어진, 마루의 무덤 바로 옆이었다.

5

세상에서 두 사람이 사라졌는데, 아무도 눈치채지 못했다. 엄마의 남자친구가 찾아오지 않을까 긴장했지만, 그런 일은 없었다. 에이가 엄마의 핸드폰으로 보낸 성의 없는 이별 문자에 수긍하다니, 그런 놈을 엄마는 그분이라고 부르며 결혼하려 했다니.

엄마를 죽이고 49일째 되던 날, 에이는 엄마의 핸드폰으로 '그분'에게 전화를 걸었다. 통화연결음이 들리기도 전에 수화기 너머에서 중년 남자의 목소리가 들렸다.

여보세요? 안지?

저는 안지 씨 딸이에요.

안지는요? 안지한테 무슨 일 있나요?

엄마는 집에 있어요. 많이 아픈데, 황진우 교수님을 찾는 거 같아서… 오시겠어요?

그럼 일 끝나고 저녁 여덟 시까지 가겠습니다.

황 교수가 공손하게 말하고 전화를 끊었다. 그는 에이의 집 주소를 묻지도 않았다.

우리 집에 와본 적이 있는 걸까?

에이는 궁금해하며 침실에 있는 침대를 봤다. 저 침대에서 엄마는 아빠가 아닌 황 교수와 섹스한 적이 있을까? 아마도 아기 천사들은 알고 있을지도 모른다. 에이는 숟가락으로 아기 천사의 눈을 파내려 했다. 나무 조각에는 미미한 흠집만 남을 뿐이었다. 숟가락을 더욱 세게 누르다가 손을 베였다. 나를 모욕하지 마. 숟가락이 경고했다. 미안. 에이는 숟가락에게 사과하고 공구 상자에서 손도끼를 꺼내 왔다. 그리고 아기 천사의 얼굴을 내리찍었다. 침대에서 일어나는 어떤 일도 보고 듣지 못하도록.

여덟 시가 가까워지자 몹시 불안했다. 괜한 일을 벌였다는 생각도 들었다. 황 교수에게 전화해서 약속을 취소할 수도 있었지만 애당초 취소하고 싶은 생각은 없었다. 에이에게는 숟가락이 있으니까.

7시 58분에 인터폰이 울렸다.

누구세요.

황진웁니다.

기다리세요.

에이는 문 열림 버튼을 누르는 대신 현관을 열고 앞마당을 지나 직접 대문을 열어주었다. 에이를 본 황 교수의 눈동자가 확연하게 커졌다. 동공의 확장. 마음에 드는 이성을 만났을 때의 대표적인 반응이다. 에이는 내심 그를 경멸하며 집안으로 안내했다.

앉으세요.

에이가 소파를 가리키며 말했다. 에이의 오빠가 죽어간

소파였다. 황 교수가 주저하며 소파에 앉았다.

마실 것 좀 드릴까요?

안지는 어디 있나요?

상태가 안 좋아져서 병원에 갔어요. 미리 말씀드려야 했는데 경황이 없어서….

어디가 아픈 건지 물어봐도 될까요?

엄마가 직접 말씀하고 싶어 하셨거든요.

그래, 그래요. 나 물 좀 줄래요? 그는 교수답게 에이를 학생처럼 대했다. 하지만 에이의 눈은 황 교수의 볼이 홍조를 띠고 있는 것을 놓치지 않았다. 그는 오십 중반 정도는 되었겠지만, 나이를 짐작하기 어려운 검고 풍성한 머리카락을 갖고 있었다. 눈가나 입가의 주름은 그의 외모를 좀먹기보다 중후함을 더해주는 역할을 했다. 엄마의 뇌내 지분을 독점하고 있던 남자. 에이는 여전히 엄마의 지분이 탐났다. 하지만 엄마는 죽었다. 이제 엄마의 지분이란 건 없다. 그렇다면 황 교수라도 소유해야겠다. 에이는 그에게 물 대신 와인을 가져다주었다.

안지는 내 첫사랑이었지. 지금 자네의 모습은 내가 안지를 처음 봤을 때와 너무 똑같군.

와인 때문인지 주홍색 조명 때문인지 그의 얼굴이 더욱 붉어 보였다. 에이는 항상 엄마가 왜 아빠 같은 사람과 결혼했는지 궁금했었다. 아빠는 결코 추남은 아니었지만 엄마에게 어울리는 남자도 아니었다. 반짝반짝 빛나는 엄마와 달리 아빠는 평범하기 그지없는 이 대 팔 가르마의 은행원일 뿐이었다. 왜 첫사랑이 이뤄지지 않았는지 물으려는데, 그가 에이의 얼굴을 들여다보며 말했다.

자넨 눈동자가 검구나. 안지의 눈은 다갈색인데.

홍차색이요.

그래, 홍차색 눈동자.

홍차색, 이라고 발음하는 그의 입술이 가볍게 떨렸다. 순간 에이는 생각했다. 황 교수를 산 채로 소유할 수는 없겠다. 이 남자의 마음속에 드리운 엄마의 그림자는 평생 지우지 못할 거야.

에이는 주방으로 가서 유리 볼에 플레인 요거트를 가득 담았다. 그리고 수저통에서 미리 넣어둔 숟가락을 꺼냈다.

요거트 좀 드실래요?

자리에 돌아온 에이가 그에게 물었다.

아니, 별로.

황 교수가 약간 짜증스럽다는 듯 말했다.

사실 엄마는 아픈 게 아니에요.

에이는 요거트의 시큼한 냄새 때문에 입안에 고인 침을 삼키며 말했다.

그래? 뭔가 이상하다고는 생각했는데. 안지는 어디 있는 거지?

뒷마당에요.

뒷마당에?

정확히 말하면 뒷마당 아래요.

자네가 무슨 말을 하는지 모르겠군.

내가 엄마를 죽였어요.

황 교수의 표정이 일그러졌다. 오빠를 죽였다고 했을 때 엄마가 지었던 표정과 비슷한 구석이 있었다.

그러니까 요거트 좀 드세요.

에이는 숟가락 가득 요거트를 떠서 황 교수의 입에 넣어주었다. 숟가락을 가볍게 돌리자, 잘린 혀끝이 요구르트 볼 위에 철벅 떨어졌다. 마치 새빨간 딸기 같아 입에 넣고 싶을 지경이었다.

이그르르워고르. 그가 외계어 같은 소리를 내뱉었다. 중후한 멋을 풍기는 황 교수와는 전혀 어울리지 않는 반응. 역시 인간들은 에이를 실망시키는 추한 존재였다.

황 교수의 시체를 엄마 옆에 묻을까 오빠 옆에 묻을까 고민하다가, 뒷마당에서 앞마당으로 이어지는 좁은 통로에 묻었다.

에이는 매일 핸드폰으로 황진우 교수를 검색해봤다. 실종 관련 뉴스가 나오는지 확인하기 위해서였다. 하지만 한 달이 지나고 두 달이 지나도록 황진우 교수에 대한 언급은 없었다. 오빠와 엄마의 실종은 직계가족인 에이가 신고하지 않았으니 조사하지 않는다고 해도, 황진우 교수가 사라졌는데 아무도 찾지 않는다니. 마치 세상에 존재하지 않았던 사람처럼 그가 지워졌다. 숟가락의 악마적인 힘 때문일 거라고, 에이는 막연히 생각했다.

6

사 년의 세월이 흘렀다. 에이는 그동안 아홉 명을 더 죽였다. 반년에 한 명씩 죽인 셈이다. 숟가락 덕분에 에이는 마음만 먹으면 누구라도 죽일 수 있었다. 드라마 주인공처럼 연쇄 살인마를 찾아 죽일까, 하는 생각도 해봤다. 하지만 생판 모르는 사람에게 접근할 자신이 없었다. 에이는 자신의 기준에서 나쁜 사람을 죽였다. 아니, 살인을 하고 자기가 죽인 사람이 나쁜 사람이었다는 명분을 만들었다.

한번은 집에 음식 배달하러 온 남자를 죽인 적도 있었다. 일곱 번째 살인이었을 것이다. 에이보다 힘이 센 남자가 거칠게 저항하는 바람에 에이가 쥐고 있던 숟가락이 하늘로 날아올랐다. 에이의 집 천장에 부딪힌 숟가락은 수직 낙하하며 에이의 볼을 긋고 남자의 목에 꽂혔다. 에이의 얼굴에 광대뼈를 따라 사선으로 깊이 팬 흉터가 남았다.

살인자에게 어울리는 흉터군. 에이는 거울을 보며 미소 지었다. 에이는 더 이상 흉터가 생기는 것을 두려워하는 소녀가 아니었다.

봄이 왔다. 쌀쌀한 날씨에도 벚꽃은 흐드러지게 폈다. 서랍 속의 숟가락이 며칠 전부터 에이에게 속삭였다.

봄맞이 살인을 하자.

아무 생각 없이 숟가락을 꺼내려던 에이는 숟가락을 꺼내지 않고 서랍을 도로 닫았다. 이건 옳지 않다.

오빠를 죽이고, 엄마를 죽이고, 황 교수를 죽일 때까지 에이의 살인은 자신의 욕망에 따른 것이었다. 하지만 언제부턴가 에이는 숟가락의 욕망에 따라 사람을 죽였다. 에이가 숟가락을 소유했다고 생각했는데, 반대로 숟가락이 에이를 소유한 셈이 되어버렸다. 이래서야 숟가락의 하수인이나 다름없다.

에이는 소유하는 쪽이 되고 싶었다. 소유당하는 쪽이 될 생각은 추호도 없었다.

그렇다면 숟가락과의 이별을.

에이는 가방에 숟가락을 넣고 동해로 가는 야간열차를 탔다. 그리고 아무도 없는 바닷가에서 검은 물속을 향해 숟가락을 던졌다. 숟가락은 금세 바닷속으로 가라앉았다. 에이는 허겁지겁 바닷물에 뛰어들어갔다. 숟가락을 다시 찾을 수는 없었다.

돌아오는 기차가 용산역에 도착할 때까지 에이는 줄곧 눈물을 흘렸다.

7

숟가락을 버린 이듬해 봄, 에이는 숟가락을 추모하기 위해 바닷가에 갔다가 한 남자를 만났다. 바닷가에서 횟집을 하는 남자였다. 에이는 남자의 횟집에 가서 매운탕을 주문했다. 남자는 숟가락을 쓰지 않고 뚝배기를 들어 시뻘건 국물을 마시는 에이를 보고 첫눈에 반했다. 에이는 남자의 어느 곳도 자신이 증오했던 남자들을 닮지 않았음에 감동했다. 에이가 만났던 몇 명의 남자들은 어딘가 한 군데 정도는 아빠나 오빠, 황 교수를 닮아 있었다. 횟집 주인은 셋 중 누구와도 닮은 구석이 없는 남자였다. 그러므로 두 사람이 사귀지 않을 이유는 없었다.

남자는 에이에게 헌신적이었다. 마치 에이의 노예처럼, 소유물처럼 에이가 시키는 일이라면 무엇이든 했다. 하지 못할 때는 하는 시늉이라도 했다. 남자의 머릿속은 회 뜨는 일을 제외하면 온통 에이로 가득 차 있었다. 에이는 남자의 뇌내 지분의 99.99퍼센트를 차지하고 있다고 확신했다. 그리고 그 사실에 만족했다. 어차피 순도 100퍼센트의 금은 존재하지 않는다.

삼 개월 후, 에이는 남자와 결혼했다. 신혼집은 따로 장만하지 않고, 횟집 2층에서 살기로 했다. 에이의 집이 훨씬 넓고 쾌적했지만 상관없었다. 에이는 시체들의 뼈가 잔뜩 묻혀 있는 집에서 남자와 함께 살고 싶지 않았다.

보름달이 뜬 밤, 해안에 밀려오는 파도 소리가 유난히 거친 밤이면 에이는 하얀 파도 속에서 빛나는 숟가락의 환영을 보았다. 그런 날이면 에이는 남자와 섹스를 하고, 창가로 들어오는 달빛을 받으며 조용히 눈물을 흘렸다.

여느 건강한 부부처럼 에이와 남자에게도 아기가 생겼다. 그것이 비극의 시작이었다. 시간이 흐를수록 남자의 뇌내 지분을 아기가 잠식해가고 있었기 때문이다. 우리 에이, 우리 에이, 하던 남자의 입에서는 언젠가부터 우리 아기, 우리 아기, 라는 말밖에 나오지 않았다. 임신 23주가 되었을 때 에이는 불법 낙태 시술을 받았다. 남자에게는 유산했다고 거짓말을 했다.

괜찮아, 아기는 또 만들면 되지, 괜찮아.

남자가 말했다. 이미 아기가 점유해버린 그의 뇌내 지분은 아기가 사라져도 에이의 몫으로 돌아오지 않았다. 이제 남자는 에이의 소유가 아니었다. 소유할 수 없다면 소멸시켜야 한다. 에이는 잠든 남자를 보며 결심했다. 하지만 숟가락이 없는데 어떻게? 오로지 숟가락으로만 사람을 죽여본 에이였다. 숟가락이 모든 흔적을 지워주지 않는다면 어떤 일이 벌어질지 상상할 수도 없었다. 아니, 너무도 선명하게 상상할 수 있었다. 에이는 감옥에 갈 것이다. 감옥은 세균보다 무섭다.

숟가락 모양의 달이 뜬 밤, 에이는 바닷가에 나가 모래사장을 파헤쳤다. 손톱 밑에 모래가 파고들어 피가 났지만 하나도 아프지 않았다. 숟가락이 나를 부르고 있어. 에이는 파도에 젖은 모래사장을 두더지처럼 파 들어갔지만 끝내 숟가락을 찾지 못했다.

에이는 숟가락 없이는 사람을 죽일 수 없다는 결론을 내렸다. 그래, 때로는 관용이 필요한 거야. 에이는 남자에게 시간을, 자신의 손에 의해 소멸되지 않을 기회를 주기로 했다. 그러나 수혜자가 깨닫지 못하는 관용은 거리에 버려진 깡통이나 다름없었다. 남자는 시간을 낭비하고, 기회를 날려버렸다.

그날도 남자는 에이를 안고 나서, 미지근한 입김을 내뿜으며 말했다.

오늘은 느낌이 좋아. 아기가 생길 것 같아.

남자의 머리카락에 매달려 있던 땀방울이 에이의 눈에 들어갔다. 여기까지가 한계라고, 에이는 따가운 눈을 비비며 생각했다. 남자는 태평하게 코를 골며 곯아떨어졌다. 에이는 주방으로 내려갔다. 그리고 가장 길고 뾰족한 칼을 집어 들었다. 길쭉한 회칼을 든 손이 떨렸다. 숟가락이 있었다면 좋았을 텐데.

2층으로 올라가 남자의 왼쪽 가슴에 칼을 찔러 넣었다. 예상했지만 숟가락처럼 사르륵 베이는 느낌은 나지 않았다. 질깃질깃한 거죽을 뚫고 미끄덩한 피하지방을 지나 얇은 근육을 찢고 물컹한 내장을 헤집는 느낌이 손끝을 타고 온몸에 퍼져 나갔다. 헛구역질을 해대며 칼로 남자를 찌르고 또 찔렀다. 그때마다 피가 벽에, 천장에, 에이의 얼굴에 마구 튀었다.

내 인생은 이걸로 끝났어. 숟가락이 아닌 칼로 죽였으니, 남자가 세상에서 지워지는 일도 없을 것이다. 새빨간 피로 물든 방 안을 보고 있을 수 없어 밖으로 뛰쳐나왔다. 그리고 발길 닿는 대로 걸었다. 뛰듯이 빠르게 걷다가 어느 순간부터 힘없이 흐느적거리며 걸었다.

그렇게 걷다 보니 배가 고팠다. 마침 24시간 영업하는 설렁탕집이 눈에 띄었다. 에이는 유리문을 밀고 안으로 들어갔다. 여기 설렁탕 한 그릇이요. 메뉴판을 보지 않고 주문한 뒤 테이블 아래 달린 수저 서랍을 열었다. 끝이 둥그

스름하고 아무 무늬가 없는, 자루가 긴 민무늬 숟가락들 가운데 단연 눈에 띄는 숟가락이 하나 있었다. 천사의 날개에서 떨어져 나온 듯한 깃털 무늬가 새겨진, 자루 부분이 유난히 짧고 머리 끝부분이 뾰족해 삶은 달걀처럼 생긴 은색 숟가락. 에이는 저도 모르게 웃음을 터트렸다.

반갑다, 친구야.

악마의 현신이건 살인의 신이건, 숟가락은 에이의 하나뿐인 친구였다. 에이는 자신과 숟가락이 서로를 완벽하게 소유했다는 것을 뒤늦게 깨달았다.

설렁탕이 나왔고, 에이는 숟가락으로 설렁탕에 밥을 말았다. 그리고 뽀얀 국물과 밥을 떠서 입에 넣었다. 설렁탕의 구수한 국물 맛을 느끼기도 전에 잘린 혀가 설렁탕 뚝배기에 풍덩 빠졌다. 뽀얀 사골 국물이 다대기를 푼 것처럼 빨갛게 물들었다. 피를 삼키던 에이는 입을 크게 벌리고, 숟가락을 목구멍 깊숙이 찔러 넣었다.

넌 나고 난 너야. 이제 우리는 헤어지지 않아.

뇌의 나무

아주 오래전,

혹은 그리 오래지 않은 시간을 거슬러 올라간,

그러나 우리의 기억에서 충분히 잊힐 만한 시절.

어느 마을에 뇌의 나무가 있었다.

뇌의 나무가 언제부터 그곳에 있었는지

누구도 알지 못했다.

마땅히 부를 이름이 없어 나무라고 불렀으나,

정확히 말하면 나무는 아니었다.

뇌의 나무는 신전을 받칠 만한 기둥 위에

거대한 호박 크기의 뇌를 가진 생물체였다.

뇌가 왜 인간의 뇌와 꼭 닮은 모양을 하고 있는지,
기둥의 재질은 무엇인지 밝혀내지 못했다.
어떤 이는 고대 문명의 유적이라 했고,
어떤 이는 우주에서 온 존재라고 했다.

뇌의 나무는 모든 것을 알고 있었다.
마을 사람들의 물음에 언제나 옳은 답을 주었다.

누가 맨 처음 뇌의 나무의 목소리를 들었는지는
알려지지 않았다.
어느 날 뇌의 나무가 근처를 지나가던 목동에게
안녕, 이라고 했다는 이야기가
마을의 전설처럼 내려올 뿐이었다.

뇌의 나무의 목소리는 깊고 낮았다.
어디에서 울려 나오는지 알 수 없는 목소리는
지구상에 존재하는 어떤 소리와도 달랐다.
누군가는 오래 고민해 온 답을 얻은 희열보다
아름다운 목소리에 감동해 눈물을 흘리기도 했다.

사람들은 뇌의 나무에게 많은 것을 물었다.
배가 아플 때 어떤 약초를 먹어야 할지,

올해 밀 농사는 풍년일지,

사냥 갔던 무리는 무사히 돌아올지.

간혹 미래의 배우자를 묻는 사람도 있었으나,

지구 멸망의 날을 묻는 사람은 없었다.

굳이 해서는 안 될 질문을 정해놓지 않더라도,

마을 사람들은 뇌의 나무에게 물어야 할 것들만 물었다.

그것이 마을이 재앙에 휩싸이지 않고

평온하게 살아가는 비결이었다.

어린아이들은 뇌의 나무에게

세상에서 가장 맛있는 것이 무엇인지 물었다.

노인들은 뇌의 나무에게 자신이 언제 죽을지 물었다.

죽을 날을 아는 사람들은 조용히 마지막을 준비했다.

현명한 사람들은 뇌의 나무가 알려준 지혜를

더 많은 사람에게 전해주었다.

뇌의 나무는 사람들과의 교감을 자양분으로 삼았다.

사람들이 나무의 기둥에 입을 맞추며 감사할 때면

뇌의 표면은 기쁨으로 빛났다.

몸속에서 갓 꺼낸 내장처럼

촉촉하고 매끄러운 윤기가 흘렀다.

연인들은 뇌의 나무 아래서 사랑을 맹세하고,

아이들은 뇌의 나무를 중심으로 술래잡기하며 놀았다.

학자들은 뇌의 나무에 등을 기대고 책을 읽었다.

사람들은 행복했고, 나무도 행복했다.

독재자가 나타나기 전까지,

누구도 그들의 행복을 의심하지 않았다.

독재자는 뇌의 나무에 대한 소문을 듣고 찾아왔다.

무엇이든 알려준다는 마녀의 거울처럼,

뇌의 나무를 손아귀에 넣고 무엇이든 물으려 했다.

내 영토를 어디까지 확장할 수 있겠느냐?

독재자가 물었다. 뇌의 나무는 대답하지 않았다.

외부인이라서 그런가 봅니다. 한 병사가 말했다.

독재자는 마을의 원로와 신관에게 대신 묻게 했다.

뇌의 나무는 여전히 침묵을 지켰다.

이 나무는 어떤 질문이라도 답할 수 있지 아니한가?

화가 난 독재자는 뇌의 나무를 없애버리기로 했다.

도끼로 찍어 무너뜨려라!

독재자가 병사들에게 명령했다.

도끼를 든 병사들은 사지가 잘려 죽었다.

나무에 기름을 붓고 불태워라!

독재자가 병사들에게 명령했다.

기름과 횃불을 든 병사들은 검은 먼지가 되어 사라졌다.
누구도 감히 뇌의 나무를 해칠 수 없었다.

독재자는 나무 주변에 높은 가시울타리를 세웠다.
사람들이 접근하지 못하도록
병사들에게 주변을 감시하라 했다.
뇌의 나무를 찾아온 사람들은
병사들이 휘두른 칼에 죽거나 다쳤다.
노인도, 여자도, 아이조차도.

마침내 사람들은 뇌의 나무를 찾지 않게 되었다.
사람들의 발길이 뜸해지자 뇌의 나무는 쇠퇴해갔다.
꼿꼿한 기둥에는 녹이 슬었고,
윤기를 잃은 뇌는 푸석푸석해졌다.
뇌주름 사이에 검은 곰팡이가 피기도 했다.
밤이 되면 뇌의 나무는 공명했다.
콘트라베이스의 음색을 닮은 소리였다.
사람들은 그것이 나무의 울음소리라고 생각했다.

계절이 여러번 바뀌었다.
연분홍색 뇌는 썩은 호두처럼 쪼그라들었다.
뇌의 나무에 가까이 가보라!

독재자가 병사들에게 명령했다.

병사들은 여전히 뇌의 나무가 두려웠으나,

죽음을 각오하고 나무에게 다가갔다.

독재자의 명을 따르지 않는 것 역시

즉각적인 죽음을 의미했으므로.

이곳에서 사라져 다른 세상에서 만나세.

무기들 든 병사들은 비장하게 말하고,

나무에게 더 가까이 다가갔다.

그들은 검은 먼지가 되어 사라지지 않았다.

사지가 잘려 죽지도 않았다.

병사들은 서로를 얼싸안고 환호했다.

드디어 때가 왔도다! 뇌의 나무를 불태워라!

독재자가 앞으로 나서서 외쳤다.

병사들이 나무 밑동에 기름을 뿌렸다.

낮은 사다리를 타고 올라가 퇴색한 뇌에 기름을 부었다.

나무가 더러운 기름으로 번들거렸다.

지독한 악취가 났고,

구역질하는 병사들도 있었다.

뭐 하느냐? 어서 불을 붙여라. 독재자가 재촉했다.

그러나 누구도 선뜻 불을 붙이려 나서지 않았다.

자, 어서 불을 댕기게.

한 늙은 병사가
가장 나이 어린, 키 작은 병사의 등을 밀었다.
키 작은 병사는 내키지 않았으나
어쩔 수 없이 성냥을 그었다.
일순간 황이 타는 냄새가 났다.
키 작은 병사는 타들어가는 성냥을 발치에 던졌다.
조그만 불씨는 순식간에 나무 전체를 휘감았다.
뇌의 나무가 고통에 찬 비명을 질렀다.
죽어가는 말이 우는 소리 같기도 하고,
좁은 배수구로 물이
한꺼번에 빨려 들어가는 소리 같기도 했다.

갑자기 소리가 멈췄다.
침묵이 모든 것을 삼켰다.
벼락같은 빛이 하늘을 갈랐다.
세상에 없는 영롱한 빛이자,
병사들과 독재자가 본 마지막 빛이었다.
그날 이후 그들은 아무것도 볼 수 없게 되었다.
평생을 암흑 속에 살며
이미 사라진 뇌의 나무를 저주했다.

많은 세월이 흘렀다.

독재자는 죽었고, 마을 사람들은 뇌의 나무를 잊었다.

오직 한 사람만이 뇌의 나무를 기억했다.

이제는 노인이 된, 키 작은 병사만이.

화면 공포증

2022년 『도시, 청년, 호러』(안전가옥) 수록

"뭐 해, 안 내리고."

엘리베이터가 멈추자 남자친구가 옆구리를 툭 쳤다. 핸드폰을 보고 있던 나는 서둘러 내렸다. 영화관에 들어서자 느끼한 팝콘 냄새에 속이 울렁거렸다. 어젯밤, 아니 오늘 새벽까지 동영상을 봤더니 피로감이 어깨에 들러붙어 있었다. 하긴 회사 생활을 하고부터는 피로가 떨어진 적이 없었지.

"팝콘 먹을래?"

남자친구의 물음에 고개를 휘휘 가로저었다. 오늘따라 줄줄이 늘어서 있는 무인 발권기의 길쭉한 화면이 눈에 거슬렸다. 천장에 매달려 예고편을 틀어대는 모니터들도.

"4관 입장 시작합니다."

직원이 목소리를 높여 입장을 알렸다. 여기저기 흩어져 있던 관람객들이 줄을 섰다. 내 앞에는 대학생으로 보이는 커플이 서 있었다. 그런데 남자애가 어쩐지 불안해 보였다. 여자친구의 손을 꼭 잡은 남자애는 시선을 어디에 두어야 할지 모르겠다는 듯 고개를 뒤틀고 있었다.

마침내 우리 차례가 되었고 남자친구가 모바일 티켓을 내보였다. B열 11, 12번. 또 앞자리였다. 그나마 맨 앞줄이 아니라 두 번째라는 걸 다행으로 여겨야 하나. 남자친구에게 예매를 맡기면 항상 이런 식이다. 미리미리 예매하라고 몇 번이나 말했지만 소용없다. 지난번에는 참다못해 "넌 집에서 게임하느라 바쁠 테니 앞으로 한가하게 일하는 내가 예매할게."라고 했다가 대판 싸웠다. 벌써 취준생 사 년차니 예민할 만도 했다.

화장실에 들렀다가 상영관에 들어갔다. 옆자리에 조금 전의 대학생 커플이 앉아 있었다. 남자애는 고개를 숙이고 콜라를 마시느라 우리가 지나가야 하는데도 비켜 주지 않았다.

"오빠, 사람들 지나가게 좀 비켜봐."

여자애가 속삭였고 남자애는 엉거주춤한 자세로 무릎을 끌어당겼다. 나는 몸을 얇게 펴는 느낌으로 남자애의 무릎과 의자 사이를 지나갔다.

상영관의 불이 꺼졌다. 아까부터 남자애가 다리를 달달 떨고 있었다. 미세한 정도였지만 몸도 앞뒤로 흔들었다. 슬슬 짜증이 났다. 영화가 시작해도 그러면 주의를 줘야지.

반복되는 광고와 영화관 대피 요령 안내가 끝나고 실내가 완전히 어두워졌다. 영화사의 로고가 나오자 남자애가 돌연 동작을 멈췄다. 얼굴 붉힐 일은 없겠다며 안도하는데 남자애가 자리에서 벌떡 일어났다.

"아, 뭐야."

"거기, 빨리 앉아!"

적대감이 가득 실린 목소리가 사방에서 날아왔다. 여자애가 어쩔 줄 몰라 하며 남자애의 팔을 잡아당겼다. 남자애는 여자애의 손을 뿌리치고는 어기적어기적 스크린으로 나아갔다. 사람들의 목소리가 점점 커졌다. 욕설도 들렸다. 누군가는 팝콘 상자를 던지기도 했다. 남자애는 아랑곳하지 않고 스크린 바로 앞에 멈춰 섰다. 쿵. 남자애가 스크린을 들이받았다. 투우사에게 돌진하는 황소처럼 있는 힘껏. 쿵, 쿵. 대형 화면 한구석에 붉은 점이 생겼고, 붉은 점을 중심으로 거미줄처럼 금이 가기 시작했다. 쿵, *빠직*, 쿵. 남자애는 멈추지 않았다. 영화관은 순식간에 난장판이 되었다. 여자애는 제자리에서 발을 굴러대며 비명만 질렀다. 누군가 말리러 갔을 때, 남자애는 이미 바닥에 쓰러져 있었다. 피범벅인 얼굴은 완전히 함몰되어 얼굴 한가운데 작은 운석이 떨어진 것 같았다. 곧 영화관 직원들이 뛰어 들어왔고, 영화 상영이 중단되었다.

"누나, 이게 무슨 일이야? 완전 무섭다."

남자친구가 떨리는 목소리로 말했다. 즉시 환불받으려 대기하는 사람도 있었지만, 대부분은 모바일로도 환불 신청이 가능하다는 말에 밖으로 나왔다. 남자친구와 나도 덜덜 떨며 엘리베이터에 탔다. 사람들은 하나같이 창백한 얼굴로 입을 다물고 있었다. 평생 두 번 보지 못할 끔찍한 광경이, 내 머릿속에서 반복 재생되었다.

남자친구와 헤어져 집으로 돌아왔다. 평소라면 영화를 보고 모텔에 들렀겠지만 그런 일을 겪고 나니 남자친구나 나나 아무것도 하고 싶지 않았다. 나는 신발도 벗지 않고 원룸 바닥에 드러누웠다. 그리고 핸드폰을 꺼내 검색을 시작했다. 영화관에서 있었던 사건이 기사로 떴을지 궁금했다. 여러 포털 사이트를 번갈아 찾아봤지만 기사는 나오지 않았다. 대신 한 커뮤니티 사이트에서 그 일에 대한 것으로 짐작되는 내용을 찾을 수 있었다.

오늘 강남역 메가 시네마 사고 난 거 봄?

o o(220.161) 202*. 03. 18

영화 시작하는데 어떤 인간이 일어나 스크린에 머리를 박음. 한 두 번도 아니고 한 열 번은 그랬던 거 같음. 근데 그게 꼭 누가 머리채를 휘어잡고 갖다 박는 거 같았음. 뭔가 외부적인 힘이 작용한 느낌이라고 해야 하나…. 기사도 안 나오고 궁금해서 검색을 좀 해봤음. 설마 했는데 비슷한 일이 외국에서도 있었음. 스크린포비아, 화면 공포증이라는 게 있나 봄.

https://www.reeddit.com/r/askscience/comments/x2ivt/screenphobia

대충 정리해보면 화면을 보면 이유 없이 불쾌해지고 공포를 느끼다가 결국은 미쳐서 화면을 들이받는다는 얘기임. 근데 좀 이상한 게 공포증에 걸리면 이렇게까지 폭주하나? 보통은 무서워서 피하려고 하지 않음?

나는 영양가 없는 댓글들을 무시하고 링크로 접속했다. 영문 사이트가 나왔고, 바로 번역기를 돌렸다.

화면 공포증(Screenphobia)

화면을 보고 공포를 느끼는 증상. 고소공포증이나 거미 공포증처럼 공포증의 일종이다. 일반 공포증이 공포 자극에 노출될 때 불안 반응을 일으키는 것과 달리, 화면 공포증은 일단 발생하고 나면 단계적으로 증상이 심화된다. 동일 환경에 소속된 여러 집단에서 발생하는 경우가 많아 전염성이 있는 질병으로 분류해야 한다는 주장이 나오고 있으나 아직 학계에 보고된 질환은 아니다. 최초로 증세가 나타난 사람은 스웨덴의 프로그래머 알렉세이 스벤손이라고 알려져 있다. 최근 북유럽, 북미, 인도 등에서 다수의 사례가 보고되었으며 화면을 특히 많이 보는 사람에게서 발생할 확률이 높다. 현재까지 밝혀진 치료법은 없으며, 화면을 최대한 멀리하는 것이 좋다. 공포를 유발하는 대상은 액정 화면에 한하며 네온사인이나 일반 광고판 등은 해당하지 않는다.

〈화면 공포증의 단계별 증상〉

1단계: 화면을 보면 불쾌감이 든다. 눈의 피로, 안구 통증, 두통, 구토 등 신체 증상이 나타난다.

2단계: 화면에서 타인이 보지 못하는 검은 점을 본다. 검은 점의 양상은 사람마다 다르다.

3단계: 환청이 들리기 시작한다.

4단계: 극도의 공포를 느낀다. 환각을 본다. 발작하거나, 식은땀을 흘리거나, 현기증이 나거나 호흡곤란 증세를 호소하기도 한다.

5단계: 충돌한다.

내용은 여기까지였다. 번역기 오류가 났나 싶어 원문을 확인해 봤지만 5단계에는 'crash into'라고만 쓰여 있었다. 그리고 댓글이 이어졌다.

마지막 단계 뭐?　　　　　　　　와트 14시간 전

어떻게 된 거야?　　　　　　　　청록색 잉크 9시간 전

└ 뻔하지. 지금쯤 저 녀석도 스크린에 머리를 박고 있을걸? 리우스 8시간 전

└ 그건 나도 알아. 문제는 왜냐는 거지.　　청록색 잉크 8시간 전

└ 스크린을 파괴하려고? 무서우니까?　　리우스 8시간 전

아, 화면의 검은 점이 커지고 있어.　　윌비 34분 전

└ 난 그들의 목소리도 들려.　　링켄보그 26분 전

정말 부딪히는 수밖에 없어?　　그린 백 12분 전

└ 혹은 당신의 눈을 파낼 수도 있지. :-D　노바디 11분 전

　댓글을 보고 있는데 팔뚝에 소름이 돋았다. 나는 몸을 일으키고 신발을 아무렇게나 벗어 던졌다. 이 글의 내용이 사실이라면…. 극장에서 본 남자애는 화면 공포증 환자였을까?

　세상에는 별의별 공포증이 다 있다. 나도 고소공포증을 비롯해 심각하지 않은 수준의 공포증들을 갖고 있다. 요즘

같은 세상에 화면 공포증이 있다고 해도 이상한 일은 아니다. 다만 원글을 쓴 사람의 말처럼 공포증에 걸리면 보통 공포의 대상이 무서워서 피할 텐데, 화면에 '충돌한다'는 부분이 마음에 걸렸다. 전염성이 있다는 것도 납득할 수 없었지만 어차피 도시 괴담일 것이다. 그럼 영화관의 남자애는? 글쎄, 우연의 일치겠지.

오싹하긴 했지만 괴담 동영상을 봤을 때와 비슷한 기분으로, 그저 '남의 일'이라고 여기며 침대에 누웠다. 유튜브에 들어가 영화 소개 영상들을 봤다. 기분 전환이 필요했다. 딱히 기분 전환이 필요하지 않더라도 영화 소개나 타로 풀이, 연예인 뒷담화, 공포 체험설 등을 찾아보는 건 자기 전에 행하는 의식 같은 거였다. 자야지, 자야지 하면서도 동영상을 보다 보면 개미지옥에 빨려 들어가는 것처럼 멈출 수가 없다. 인생을 낭비한다 싶어 책을 읽으려고도 해봤다. 하지만 독서라는 건 너무 능동적인 행위였다. 에너지가 고갈된 상태일 때는 머리를 비우고 화면에 나타나는 영상을 바라보는 정도가 딱 좋았다.

오늘은 영상이 눈에 잘 들어오지 않았다. 구정물이 몸속에 차오른 듯한 불쾌감도 가시지 않았다. 그렇게 충격적인 장면을 눈앞에서 봤으니 멀쩡하다면 더 이상한 일이겠지.

침대에서 일어나 욕실로 갔다. 아무리 귀찮아도 양치질은 하고 자려고 전동 칫솔을 들었다. 스위치를 누르니 윙,

소리가 나며 타이머가 작동했다. 2분 동안 성실하게 양치를 하자 회색 액정 위에 스마일 표시가 떴다. 그런데 스마일 표시가 나를 비웃는 것 같았다. 기분 탓일 거야. 수건으로 입가를 대충 닦고 다시 침대에 누웠다. 벌써 새벽 두 시 반이었다.

◇

오전 내내 모니터를 제대로 볼 수가 없었다. 눈알에 모래가 촘촘히 박힌 느낌이었다. 먼지가 잔뜩 낀 것 같기도 했다. 손거울을 꺼내 책상 위에 놓고, 엄지와 검지로 눈을 크게 벌렸다. 충혈된 눈동자를 굴리며 살펴봤지만 아무것도 없었다. 혹시나 해서 인공 누액을 들이부었는데도 이물감은 사라지지 않았다. 눈의 피로, 안구 통증… 혹시 화면 공포증? 에이, 그럴 리가 없지. 새벽까지 핸드폰을 들여다봐서 그럴 거야. 이내 고개를 저었지만 마음 깊숙한 곳의 불안까지 지워 낼 수는 없었다.

나는 선단 공포증에 대해 알고부터 바늘, 칼, 연필심 등 뾰족한 걸 보지 못하게 되었다. 환 공포증을 알게 된 뒤에도 마찬가지였다. 연꽃 씨 사진을 보고서는 연근을 먹지 못했다. 그러다 환 공포증이 공식적으로 인정된 공포증이 아니라는 이야기를 들었다. 그다음부터는 밀집된 둥근 점들을 봐도 별로 무섭지 않았다. 화면 공포증도 마찬가지다. 어제 그런 글을 읽었기 때문에 흔한 안구건조증 증상도 크게 느껴지는 것이다. 모든 건 생각하기 나름이니까. 눈을 감고 열까지 센 다음 눈을 떴다. 조금은 피로감이 가시길 기대했지만, 눈물 한 방울만 찔끔 나오고 말았다.

"조 대리, 잘돼가?"

팀장이 자리에서 일어나 기지개를 켜며 물었다. 월요일 오전 회의 시간까지 신규 서비스 홍보 기획안을 제출해야 하는데 아직 반도 못 채운 상태였다. 내용도 내용이지만 언제나 디자인이 문제다. 나는 파워포인트 디자인에 자신이 없다. 솔직히 말하면 자신 없는 정도가 아니다. 한마디로 디자인 감각이 제로. 며칠 전에도 보기 좋은 떡이 먹기도 좋다는 둥, 내용이 아무리 좋아도 포장을 잘해야지, 비싼 굴비라도 신문지 쪼가리에 싸서 선물하면 값어치를 모르지 않겠냐는 둥 팀장에게 한참 잔소리를 들어야 했다.

"왜 대답이 없어? 이번 기획안 인사고과에 반영되는 거 알지?"

네도 아니고 에도 아닌 어정쩡한 대답을 하는데 연구소 쪽에서 이상한 소리가 들렸다. 왜 이래. 야, 정신 차려, 라는 고함과 툭탁거리는 소음이 뒤섞여 있었다. 자리에서 일어난 직원들이 하나둘 연구소로 향했다. 나도 팀장의 뒤를 슬금슬금 따라갔다. 연구소 바닥에는 신입 직원이 쓰러져 있었고, 무려 네 명의 직원들이 그의 팔다리에 달라붙어 있었다. 신입은 남자치고 체구가 작은 편이었는데, 힘이 어찌나 센지 버둥거릴 때마다 그를 붙잡은 직원들의 어깨가 위아래로 들썩거렸다. 신입은 코에서 피를 쏟아 내면서도 끊임없이 소리쳤다.

"저 너머로 가야 해. 저 너머로!"

119 구조대가 오고, 신입이 들것에 묶여 실려 가고 나서야 사람들은 금이 간 모니터를 쳐다봤다. 누군가 말했다.

"모니터가… 깨졌네요."

"모니터에 얼굴을 박은 거죠?"

"네. 목에서 괴상한 소리를 내며 일어나서는 모니터를 꽉 쥐고…."

모두 목소리를 죽인 채 말했지만 그래서 오히려 더 잘 들렸다. 연구소장이 헛기침을 하자 사람들은 제자리로 돌아가기 시작했다. 모니터를 들이받은 신입. 스크린을 들이받은 남자애. 화면 공포증. 목덜미의 잔털이 삐죽 일어섰다. 코끼리를 생각하지 말라고 하면 코끼리를 생각하게 되는 것처럼, 또다시 화면 공포증이라는 단어를 떠올리지 않을 수 없었다.

만약 화면 공포증이 급속하게 퍼지고 있는 거라면? 정말 전염성이 있다면 더는 남의 일이 아니었다. 나는 감염자로 의심되는 사람을 두 명이나 가까이서 접촉했으니까.

불안했다. 하지만 불안하기만 할 뿐 내가 할 수 있는 일은 없었다. 이미 걸렸다면 피할 길은 없을 테고, 그저 걸리지 않았기만을 바랄 수밖에.

"식사하러 갑시다."

팀장의 말에 고개를 들어 벽시계를 봤다. 11:44. 까만 바탕 위에서 반짝이는 새빨간 디지털 숫자. 섬뜩했다. 팀장이 자리에서 일어났고 앞자리의 강 차장도 끙, 소리를 내며 일어났다.

"저는 생각 없어요."

"여기 지금 입맛 나는 사람 있겠어? 얼른 일어나. 다 먹고살자고 하는 일인데."

그러고 보니 어제저녁 남자친구와 햄버거를 먹은 다음 아무것도 먹은 게 없었다. 속도 비어 있는 데다가 다들 심란한데 괜히 밥 안 먹겠다며 버티고 싶지는 않았다.

구내식당 메뉴는 칼국수였다. 배식을 받아 강 차장이 맡아놓은 자리에 앉는데 주머니 속 핸드폰이 진동했다. 보나 마나 남자친구가 보낸 카톡이고, 점심 맛있게 먹으라는 인사일 것이다. 별생각 없이 핸드폰을 보는데 눈알 안쪽이 뜨끔했다. 시신경이 끊어지는 느낌이 이럴까. 눈을 끔벅거리며 화면을 봤다.

[ㄹ머9ㅔ덕9ㅐ0ㅂ239208%^&ㅑ6]

패턴이 풀려 자판이 잘못 눌렸나 보다. 조심성 없긴. 잘못 온 문자 때문에 눈만 아팠다고 생각하니 기분이 상했다. 나는 탁 소리가 나게 핸드폰을 엎어놓았다.

"왜 그래?"

강 차장이 물었다. 눈 안쪽에 묵직한 통증이 남아 있었다.

"그러게. 조 대리가 손에서 핸드폰을 놓을 때가 다 있네."

팀장이 말했다. 빈정거린다기보다 신기하다는 말투였다. 그러는 팀장도 핸드폰을 보고 있었다. 언제부턴가 점심시간에도 팀원들과 대화하지 않고 각자 핸드폰을 들여다보는 게 자연스러워졌다. 나는 어색한 웃음을 짓고는 미지근한 면발을 입에 넣었다.

오후에도 기획안은 진척이 없었다. 눈의 이물감과 통증이 더 심해졌기 때문이다. 단순한 안구건조증은 아니고, 결막염에 걸렸을 때의 증세와 비슷했다. 나는 내심 결막염이기를 바랐다. 결막염은 적어도 약으로 나을 수 있는 병이니까.

오늘 기획안을 끝내지 못하면 주말에도 나와야 할 텐데…. 마음이 조급해졌다. 눈의 통증을 참으며 모니터를 들여다봤더니 머리까지 아파 왔다. 누군가 관자놀이에 나사를 박아 서서히 조이는 것 같았다. 뒤통수와 목덜미에

스멀스멀 벌레가 기어가는 듯한 느낌도 들었다. 나도 모르게 진저리가 쳐졌다. 입에서 새어 나오려는 신음만큼은 입술을 말아가며 꾹 삼켰다.

별수 없이 화면에서 눈을 떼고 창밖을 바라봤다. 비슷비슷한 건물들과 빈약한 가로수들, 도로를 달리는 자동차들이 미니어처처럼 작아 보였다. 그런데 구급차들이 유난히 눈에 띄었다. 맞은편 건물 앞에는 구급차가 세 대나 있었다. 이름만 대면 알 만한 게임 회사 건물이었다.

'화면을 특히 많이 보는 사람들이 먼저 감염된다.'

신입 프로그래머, 게임 회사 직원. 모두 화면을 많이 보는 사람들이다. 그리고 인정하고 싶지 않지만… 나도.

다시 모니터로 고개를 돌렸다. 화면 보호기가 어지러이 돌아가고 있었다. 뫼비우스의 띠 같기도 하고, 유전자 지도 같기도 한 도형을 바라보고 있자니 속이 메슥거렸다. 점심시간에 먹은 칼국수 면발이 위장에서 둥둥 떠다니는 느낌이 들었다. 탕비실에 가서 소화제라도 먹으려고 일어나는데 목구멍으로 울컥 신물이 올라왔다. 금방이라도 칼국수 면발이 쏟아져 나올 것 같아 이를 악물어야 했다. 손으로 입을 틀어막고 화장실로 달려가 변기를 부여잡았다. 눈물 콧물을 흘리며 쓰디쓴 위액까지 게워 냈다. 그리고 세면대에서 찬물로 입을 헹구며 속을 진정시켰다. 밖으로 나오는데 총무부의 최 과장이 화장실 안으로 뛰어 들어갔다. 얼핏 봤을 뿐이지만 최 과장의 눈도 나처럼 빨갛게 충혈되어 있었다.

"조 대리, 괜찮아? 얼굴이 안 좋은데?"

자리에 돌아오자 팀장이 호들갑스럽게 물었다. 그러는 팀장도 개기름이 번들거리는 게 얼굴에 랩을 한 겹 씌워놓은 것 같았다. 정상적인 상황이라면 야근을 해서라도 일을 마치겠지만 오늘은 도저히 버틸 자신이 없었다.

"저… 속이 좀 안 좋아서요. 죄송하지만 조퇴해도 될까요?"

"어? 기획서는? 다 했어?"

"아뇨, 아직."

"어쩌려고?"

"주말에 나와서 할게요."

"그래, 가봐. 아프다는데 뭐, 할 수 없지."

팀장이 순순히 허락한 건, 아마 오전의 사고 때문일 것이다. 팀장의 마음이 바뀌기 전에 서둘러 사무실에서 나왔다. 마침 엘리베이터가 16층에 있었다. 조급한 마음으로 닫힘 버튼을 누르고 엘리베이터 벽에 등을 기대고 섰다. 숫자판 위의 모니터에서 음식 배달 앱 광고가 나오고 있었다. 화면 하단에는 오늘의 격언이 쓰여 있었다.

[죽음은 인간이 받을 수 있는 축복 중 최고의 축복이다 –

소크라테스]

명언이라는 것까지 부정할 수는 없지만 오피스 빌딩에는 전혀 어울리지 않는 문구였다. 그때였다. 화면 아래쪽에서 볼펜 잉크가 번진 듯한 검은 점을 본 것은. 나는 고개를 숙였다. 잘못 본 걸 거야. 쿵쾅쿵쾅, 심장이 목 아래에서 울렸다.

엘리베이터에서 내리자마자 도망치듯 건물을 빠져나왔다. 그리고 판교역까지 무작정 걸었다. 빨리 안과에 가야겠다는 생각뿐이었다. 결막염이든 안검염이든 치료할 수 있는 질병에 걸렸다는 확인을 받고 싶었다.

"아무 이상 없는데요."

안약 몇 개를 줄줄이 넣고 내 눈을 들여다보던 의사가 말했다.

"그럴 리가 없어요. 눈이 아파서 화면을 볼 수도 없고, 초점도 잘 안 맞는 거 같고, 화면에 검은 점도 보이고…"

"눈에는 이상 없습니다. 정상이에요."

의사는 덤덤한 말투로 말하고 바퀴 의자를 뒤로 쭉 밀었다. 간호사가 다음 환자의 이름을 불렀다. 나는 쫓기듯 진료실을 나왔다.

"처방전은 따로 없네요."

접수대의 간호사가 차트를 보며 말했다. 정상이라는 말

을 들으면 홀가분해야 할 텐데 그렇지 않았다. '눈에는' 이상이 없다는 말이 지금 상황에서는 더 무서웠다. 방광이 팽팽하게 당기는 느낌. 나는 계단 옆 화장실로 들어갔다. 화장실 한 칸에 세면대가 있는 좁은 공간이었다. 먼저 들어간 사람이 있는지 문이 잠겨 있었다. 언제 나올지도 모르고, 마냥 기다리느니 지하철 화장실에 가려고 돌아서는데 안에서 기이한 신음이 들렸다. 굳이 비유하자면 목구멍 안쪽에 들러붙은 가래를 뱉어내는 소리랑 비슷했다. 무슨 일인지 몰라도 말려들고 싶지는 않았다. 밖으로 나가려는 순간, 문이 벌컥 열리고 안에서 사람이 튀어나왔다. 머리가 긴 여자였다. 여자의 양 볼에는 세로로 붉은 줄이 그어져 있었다. 아니, 붉은 줄이 아니었다. 여자는 눈에서 피를 흘리고 있었다. 나는 신음하며 뒷걸음질 쳤다.

"누구… 있어?"

여자가 쉰 목소리로 말하며 앞으로 뻗은 손을 휘저었다. 그제야 여자의 손에 들린 만년필을 보았다. 뾰족한 펜촉이 피로 물들어 있었다. 눈을, 자기 눈을… 찔렀어?

"난, 저 너머로 가지 않을 거야."

여자가 입술을 떨며 말했다. 어긋난 기시감이 들었다. "저 너머로 가야 해." 신입이 외치던 말과 대치되는 말이었으니까. 여자의 숨결이 내 콧잔등에 닿을 정도로 거리가 가까워졌다. 비릿한 피 냄새가 훅 끼쳤다.

"너, 넌 누구야? 날 데리러 온 건 아니지?"

피할 새도 없이 여자가 내 어깨를 콱 붙잡았다. 그 바람에 펜촉이 팔뚝에 파고들었다. 비명을 질렀는데 입에서는 드드득 소리만 나왔다. 여자를 뿌리칠 생각도 도망갈 생각도 하지 못한 채 오줌을 지렸다. 뜨끈한 감각이 아래로 퍼져 나갔고, 나는 정신을 잃었다.

◇

눈을 떴을 때 화장실에는 아무도 없었다. 화장실 바닥에 얼마나 쓰러져 있었을까? 젖은 팬티가 미지근한 걸 보면 오랜 시간이 지난 것 같지는 않았다. 긴 머리 여자에 대한 공포에 사로잡힌 채 화장실로 들어가 팬티를 벗었다. 젖은 팬티를 쓰레기통에 넣다가 벽에 흩뿌려진 핏방울을 보았다. 피눈물을 흘리던 여자의 얼굴…. 머리가 멍해 두려움마저 둔해진 느낌이었는데도 몸은 여전히 부들부들 떨렸다.

그 여자는 왜? 도대체 왜 자기 눈을 찔렀을까?

이유를 짐작할 수 있을 것도 같았지만 인정하고 싶지는 않았다. 괜찮아. 우연이 겹친 것뿐이야.

혼잣말을 뇌까리며 허둥지둥 지하철역으로 갔다. 아직 퇴근 시간 전이라 지하철 안에는 빈 좌석이 많았다. 나는 출입문 가까운 자리에 쓰러지듯 앉았다. 고개를 젖혀 유리창에 뒤통수를 대고 있는데 시선이 문 위의 모니터로 향했다. 화면 속에서 작은 열차가 네 자리 번호를 달고 나아가고 있었다. 2103이라는 숫자를 멍하니 보는데 0 안쪽이 검게 물들어 갔다. 설마, 잘못 봤겠지. 얼른 눈을 피했다. *너도 보여?* 누군가 속삭이는 소리가 들렸다. 여럿이 동시에 말하는 듯한, 정체불명의 목소리. 주변을 둘러봤다. 하나같이 고개를 숙인 채 핸드폰을 보고 있을 뿐, 통화하는 사람도, 잡담을 나누는 사람도 없었다. 혹시 환청을 들었나? 검은 점, 그리고 환청…. 안 돼. 그럴 리가 없어. 자리에서 일어나 출입문에 몸을 바싹 붙였다.

두 정거장만 가면 된다. 두 정거장만….

주문처럼 되풀이해봐도 무리였다. 다음 역에서 문이 열리자마자 튕겨 나오듯 내렸다. 역내 의자에 앉아 숨을 돌리는데 스크린 도어 위 광고판이 눈에 걸렸다. 대형 모니터에서 새로 출시된 게임 광고가 쉴 새 없이 나왔다. 벌떡 일어나 지하철 계단을 올라갔다. 계단 벽에도 전광판이 붙어 있었다. 끊임없이 흘러나오는 광고 영상들. 애써 눈을 피하려 했지만 결국 나는 보고야 말았다. 액정 위에서 바이러스처럼 퍼져가는 검은 점을.

귓가에서 의미를 알 수 없는 속삭임이 들렸다. 이게 정말 환청이라면, 내가 화면 공포증의 단계를 밟고 있는 거라면… 마지막 단계가 되면 어쩌지? 공포심을 견디지 못하고 화면에 충돌하게 될까? 극장의 남자애처럼? 연구소의 신입처럼? 아니, 아니야. 난 화면 따위 무섭지 않아. 귓속에 거머리라도 달라붙은 듯 고개를 흔들며 지하철역 밖으로 나왔다. 길 건너 백화점의 커다란 전광판 안에는 늘씬한 모델이 서 있었지만, 모델 주변에는 곰팡이처럼 검은 얼룩이 가득했다. 지나가는 아무나 붙잡고 당신 눈에는 저게 어떻게 보이냐고 묻고 싶었다.

학생 하나가 핸드폰을 보며 내 옆을 스치듯 지나갔다. 회사원들도 핸드폰을 켠 채 화면에 눈을 팔고 있었다. 오른쪽, 왼쪽, 앞, 뒤… 핸드폰을 들지 않은 사람은 찾아볼 수 없었다. 현기증이 났다. 어지러웠다. 불에 탄 액정 속 화면처럼 세상이 우그러져 보였다. 술에 취한 듯 휘청거리다가 쓰러지기 일보 직전에 빈 택시를 잡았다. 택시에 올라타 목적지를 말하는데… 미터기 위에서 내비게이션 화면이 깜박거렸다.

젠장, 이 도시에 화면이 없는 곳은 없다. 화면은 언제나 어디에나 존재하고, 사람들은 화면을 사랑한다. 21세기의 화면은 신흥 종교나 다름없다. 우리는 독실한 신자처럼 매일 밤 자기 전 블루 라이트의 은총을 받는다. 짧게는 몇십 분에서 길게는 몇 시간까지.

"손님, 괜찮으세요?"

귀밑머리가 희끗희끗한 기사가 물었다. 나도 모르게 신음을 흘리고 있었나 보다.

"기사님, 내비게이션 좀 꺼주실 수 있어요?"

"내비를요? 왜요?"

"제가 화면을 보면 좀… 아니, 어쨌든 부탁드려요."

"허허, 어쩌나. 내가 길을 잘 모르는데."

"제가 길 알려드릴게요, 기사님."

택시 기사가 고개를 갸웃거리며 내비게이션을 끄더니 나를 슬쩍 돌아보며 말했다.

"근데, 오늘 무슨 일인지 모르겠네요."

"네?"

"아니… 먼젓번 손님도 내비를 꺼달라고 하더라고요."

나는 택시 기사의 말에 아무 대답도 하지 못했다. 울분 비슷한 감정이 머리끝까지 차올라 입을 여는 순간 폭발할 것만 같았다. 검은 내비게이션 화면이 분하다는 듯 나를 노려보고 있었다.

◇

집에 오자마자 욕실로 들어갔다. 땀에 젖은 옷을 벗어던지고 샤워 꼭지를 틀었다. 따뜻한 물이 머리 위로 쏟아져 내렸다. 긴장이 조금은 풀리는 것 같았다. 샴푸를 마치고 전동 칫솔을 켰다. 타이머가 작동하자 난데없이 화가 치밀었다. 나는 타이머가 바퀴벌레라도 된다는 양 바닥에 내던지고 세게 밟았다. 와자작, 슬리퍼 아래서 액정이 으스러졌다. 동물적인 거부감이 온몸을 휘감았다.

물기를 뚝뚝 흘리며 욕실에서 나왔다. 벽에 걸린 텔레비전을 보자 구역감이 들었다. 꺼져 있는 화면인데도 견디기 힘들 정도로 혐오스러웠다. 덮여 있는 노트북도 싫었다. 그것들과 같은 공간에 있다는 사실만으로도 숨통이 조여들었다.

그래 봐야 화면일 뿐이야.

턱이 아프도록 이를 악물었다. 설령 화면 공포증에 걸렸다고 해도 이대로 무너질 수는 없었다. 나는 화면을 들이받고 싶지도, 그렇다고 화장실의 여자처럼 눈을 찌르고 싶지도 않았으니까.

무엇보다, 지고 싶지 않았다. 지금까지 내 삶은 사소한 패배의 연속이었다. 매일 아침 달콤한 잠을 몰아내는 알람 소리에, 만원 지하철에서 나를 밀치는 사람들에게, 김치찌개를 먹고 싶은 날 순댓국을 먹자는 팀장에게, 시답잖은 농담을 건네는 동료들에게… 원치 않는 웃음을 짓고 속에 없는 칭찬을 하는 순간마다 나는 무수한 패배감을 맛보았다. 물론 살기 위해서, 살아남기 위해서였다. 그런 내가 고작 화면 공포증 따위에 질 수는 없었다. 저것들을 다 갖다

버릴 테다. 창밖으로 내던져버릴 테다.

텔레비전 코드를 뽑으려는데 검은 화면에서 뜨거운 열기가 뿜어져 나왔다. 수증기에 화상을 입었을 때처럼 옷도 입지 않은 맨살이 화끈거렸다. 도저히 가까이 갈 수가 없었다. 노트북이라도 던져버리려 덮개를 잡다가 손가락을 데었다. 단백질 탄내가 진동했고 덮개에는 내 지문이 하얗게 찍혀 있었다. 손가락 끝에 금세 물집이 잡혔다. 어떻게 이런 일이….

리모컨을 들어. 전원을 켜. 우리를 만나면 편해질 수 있어.

또다시 속삭임이 들렸다.

"이건 진짜가 아니야. 진짜가 아니라고!"

귀를 막고 소리를 질러봐도 소용없었다. 목소리는 사라지지 않았다. *리모컨을 들어. 전원을 켜.* 나는 목소리로 조종당하는 꼭두각시처럼 리모컨을 들고 전원 버튼을 눌렀다.

뉴스 속보입니다. 현재 서울 시내 곳곳에서 사망자가 속출하고 있다는 소식입니다. 이들의 사인은 전두부 손상으로 인한 과다 출혈 및 쇼크로, 주로 LED 광고판이나 영화관 스크린 등에 머리를 부딪쳐 사망에 이르는 것으로 확인되고 있습니다. 경찰 측에서는 사망자들의 주변을 탐문, 같은 방법으로 사망한 이들 사이

에 연결 지점이 있는지 조사하는 중입니다. 주변에서 행동이 불안정한 사람을 보시면 즉시 119나 112에 신고 바라며…

아나운서의 목소리가 동굴 안에서 들리는 것처럼 아득했다. 묘하게 들뜬 기분으로 가장자리가 검게 물들어가는 화면을 보고 있는데 속보를 전하던 아나운서가 딸꾹질 소리를 내더니 입을 꾹 다물었다. 이어지는 침묵, 비장한 얼굴. 스튜디오의 술렁임이 고스란히 전해졌다. *잘 봐. 재미있는 구경거리가 될 테니까.* 그 순간, 아나운서가 와이셔츠 주머니의 볼펜을 꺼내 자신의 눈을 찔렀다. 미리 계산된 것처럼 재빠른 행동이었다.

"뭐야? 한상우 아나운서!"

카메라맨이 당황한 듯 화면이 몹시 흔들렸다. 아나운서는 오른쪽 눈에 볼펜을 박은 채 휘청거리며 일어났다. 왼쪽 눈에는 실지렁이같이 새빨간 금이 잔뜩 가 있었다. 특히 기괴한 건 그의 동공이었다. 카메라가 비춘 눈동자는 새파란 빛을 발하고 있었다. 그는 자신을 비추던 모니터 앞에 멈춰 섰다. 그리고 모니터를 이마로 들이받았다. 둔탁한 소리가 들렸다. 피가 튄 카메라가 허공을 비췄다. 화면 밖에서 들리는 비명과 다급한 외침. 문득 정신이 들었다. 이러고 있을 때가 아니지. 나는 손에 잡히는 대로 옷을 걸쳐 입고 밖으로 뛰쳐나왔다.

화면이 없는 곳, 화면이 없는 곳으로 가야 해.

빌라들이 모여 있는 주택가인데도 화면은 곳곳에 숨어 있었다. 부동산 매물을 알리는 조악한 간판도, 마을버스 정류장의 안내판도 전부 LED 액정이었다. 그리고 사람들… 사람들은 저마다 스마트폰을 들고 있었다. 귓속에서 이명처럼 높은 주파수의 소리가 울렸다. 삐이이이- 삐이이이- 멈추지 않는 소음에 미쳐버릴 지경이었다. 이미 약간은 미친 것 같기도 했다.

화면들을 피해 이리저리 헤매다가 근린공원을 찾았다. 갈색 푸들을 산책시키던 할아버지가 벤치에 앉아 있었다. 핸드폰은 들고 있지 않았다. 다행이다. 일단 화면을 피하면 이성적인 사고를 할 수 있을 것이다. 다만 근린공원 맞은편의 편의점이 문제였다. 편의점 앞에는 아이 키 높이의 광고판이 있었다. LCD 화면에서 뿜어져 나오는 강렬한 빛의 파장. 등줄기가 싸늘해지면서 몸이 떨렸다. 나는 숨을 곳을 찾아봤다. 원통형 미끄럼틀 안에 들어가 있으면 괜찮지 않을까? 다 큰 어른이 미끄럼틀에 숨으면 할아버지가 이상하게 보겠지만 어쩔 수 없었다. 힘없이 미끄럼틀 쪽으로 가는데 할아버지가 타이밍 좋게 공원을 나갔다. 동시에 웬 여자가 아슬아슬하게 강아지를 스쳐 지나갔다. 하마터면 강아지가 발에 차일 뻔했다.

"이봐요."

할아버지가 여자를 불렀지만 여자는 편의점 앞에 가서야 걸음을 멈췄다. 정확히 광고판 앞이었다. 불길한 예감이 엄습한 순간, 여자가 광고판에 머리를 박았다. *빠직*, 파열음과 함께 액정이 부서지고 피가 튀었다. 할아버지가 말리려 했지만 어림없었다. 강아지가 날카롭게 짖어 댔고 편의점 사장이 뛰어나왔다. 그리고 내 옆으로 신발 없이 양말만 신은 여자가 지나쳐 갔다.

"언니, 왜 이래! 정신 차려, 언니!"

양말만 신은 여자가 절규했다. 지나가던 차가 멈춰 섰고, 사람들이 몰려들었다. 언니를 부르며 절규하는 소리는 오랫동안 이어졌다.

편의점에서 멀어지기 위해 공원을 가로질러 갔다. 두려웠다. 두려운 것과 마주하고 싶지 않았다. 맞서겠다는 마음은 바람 빠진 풍선처럼 쪼그라들고 말았다. 그래도 살아남고 싶은 마음에는 변함이 없었다. 화면을 피하려면 어디로 가야 하지? 〈나는 산사람이다〉 같은 다큐멘터리에 나오는 은둔자처럼 산속에 들어가서 살아야 하나? 아니면 지금 당장 터미널로 가서 남해행 버스를 잡아타야 하나? 아무도 없는 무인도에 가면 화면에서 벗어날 수 있지 않을까?

주변이 어둑해지고 싸늘한 바람이 불었다. 구두코만을 바라보며 거리를 헤맨 지 꽤 오랜 시간이 지났다. 갑자기 주머니에서 진동이 울렸다. 점퍼 안에 핸드폰을 넣어두고 잊고 있던 것이다. 그래서 이렇게 몸 상태가 안 좋았나? 계속되는 복통과 구역감의 원인이 주머니 속 핸드폰이었나? 핸드폰을 꺼내 집어 던지려다 손이 미끄러져 바닥에 떨어뜨렸다.

"누나, 살려줘! 누나!"

핸드폰에서 찢어지는 듯한 목소리가 흘러나왔다. 남자친구였다. 어두운 밤, 국도에서 마주 오는 차의 상향등처럼 액정이 강렬한 빛을 발했다. 눈을 감은 채 핸드폰에 손을 뻗었다. 핸드폰이 불덩이처럼, 아니 드라이아이스처럼 뜨거웠다. 지금 핸드폰을 집어 든다면 손바닥이 데일 것이다.

"누나, 듣고 있어? 집으로, 우리 집으로 와줘! 아버지, 그러지 마세요! 으아아아악…."

나는 타이머를 밟았을 때처럼 핸드폰 액정을 힘껏 밟았다. 그리고 오물이라도 묻은 듯 구두 바닥을 아스팔트에 문질렀다. 미안하지만 남자친구에게는 가지 않을 것이다. 내 몸 하나 제대로 가눌 수 없는데 누구를 구하러 간단 말인가. 게다가 남자친구의 집은 삼성역 근처였다. 삼성역 주변은 사이버 펑크 영화 속 미래 도시 같은 모습을 하고 있다. LED 전광판이 건물 벽과 기둥, 지하철 역사를 도배하듯 감싸고 있다. 뉴욕의 타임스퀘어 광장과도 비슷한 느낌이다. 우리 집에서 가까운 편이라 간혹 코엑스몰에서 데이트도 했고, 남자친구 부모님이 여행을 갔을 때는 집에 놀러 가기도 했었다. 그곳의 풍경을 떠올리자 공포와 동시에 묘한 흥분이 나를 감쌌다. 섹스하고 싶어 몸이 달아오를 때처럼 피부가 따끔따끔하고 몸이 근질거리는, 말로는 설명하기 힘든 기괴한 느낌이었다. *가, 어서 가. 그곳으로.* 마음의 소리인지 환청인지 알 수 없는 소리가 들려왔다. *주인공이 되고 싶지 않아? 위험에 빠진 남자친구를 구해주는 멋진 주인공 말이야.*

"아니야, 난 주인공 따위 포기한 지 오래야. 주목받고 싶지 않아. 그냥 살아남을 거야."

혼잣말을 중얼거리며 버스 정류장으로 갔다. 챙겨 나온 물건은 지갑뿐이었지만 상관없었다. 그리고 고속터미널에 가는 버스를 탔다. 분명 그랬다고 생각했다.

정신을 차렸을 때 나는 남자친구의 집 앞에 있었다. 남자친구 집 현관문은 활짝 열려 있었다. 남자친구의 이름을 부르며 안으로 들어갔다. 집 안에서는 플라스틱을 태운 것처럼 유독한 냄새가 났다. 나도 모르게 코를 쥐며 거실을 둘러봤다. 대형 TV에 깔린 사람이 벽난로 아래 쓰러져 있었다. 남자친구의 아버지였다. 상반신은 TV에 가려 보이지 않았지만 다리 길이나 발의 모양으로 남자친구의 아버지란 걸 알 수 있었다. 거대한 액정은 불에 타 녹아버린 것처럼 그의 얼굴과 어깨, 가슴에 눌어붙어 있었다. 집에 불이 난 흔적도 없는데…. *빨리 남자친구 방에 들어가봐. 남자친구가 보고 싶지 않아?*

집 안에서는 인기척이 느껴지지 않았다. 남자친구의 방에 들어가기는커녕 도망치고 싶은 마음뿐이었다. 그러나 현관으로 나가야 한다는 생각과 달리 내 발은 굳어버린 듯 거실 한가운데서 움직이지 않았다. 목이 말랐다. 물기 없는 입안이 버석거렸고 바싹 마른 목구멍은 찢어질 것 같았다. 급기야 마른기침이 터져 나왔다. 물, 물 한 모금만 마시고 나가자. 나는 주방으로 갔다. 냉장고 문을 여는데 문 아래쪽에 뭔가가 걸렸다. 남자친구의 엄마였다. 남자친구의 엄마는 한쪽 눈을 부릅뜬 채 나를, 아니 허공을 노려봤다. 다른 쪽 눈에는 스마트폰이 박혀 있었다. 스마트폰의 액정도 TV처럼 녹아내려 얼굴 반쪽을 검은 가면처럼 덮고 있었다.

화면이, 사람들을 죽이고 있어. 우리를 파멸시키려는 게 분명해.

미로를 헤매다 막다른 골목에 도달한 기분이었다. 나는 대리석 바닥에 주저앉았다. *괜찮아. 남자친구에게 가. 너*

를 기다리고 있을 거야. 달리 선택지도 없었다. 나는 무릎으로 기어 남자친구의 방에 들어갔다. 게이밍 체어에 앉아 있는 남자친구의 뒷모습이 보였다. 처음에는 어깨만 보여서 머리가 떨어져 나간 줄 알았다. 다시 보니 머리가 모니터에 처박혀 있었다. 어찌나 세게 박았는지 머리통의 절반은 모니터 뒤편으로 튀어나가 있었다. 타르를 뒤집어쓴 듯 정수리에서 목으로 흘러내린 끈적한 액정. 감히 그를 건드릴 엄두조차 나지 않았다. 억눌러왔던 감정이, 짐승 같은 울음이 목구멍에서 터져 나왔다. 벗어놓은 양말, 커피가 남아 있는 머그잔, 바닥에 떨어진 마우스…. 손에 잡히는 대로 마구 던졌다. 그렇게 한참을 방구석에서 오열했다.

여기서 벗어나야 해. 어서 일어서. 환청이 아니었다. 마지막 남은 이성의 외침이었다. 일어나 달려야 하는데, 이 지옥에서 벗어나야 하는데 다리에 도무지 힘이 들어가지 않았다. 엉덩이를 밀며 뒤로 물러나다가 바닥에 떨어진 태블릿에 손을 짚었다. 태블릿 화면이 켜지더니 만다라 문양처럼 기하학적인 무늬가 어지러이 움직였다. *걱정하지 마. 저들은 죽은 게 아니야. 다른 차원으로 이동했을 뿐이야. 너도 알지? 그래서 여기 온 거잖아. 주인공이 되고 싶으니까. 저 너머의 세상에서는 네가 주인공이야. 지금까지 넌 언제나 구경꾼이었잖아. 알아, 억울한 일이지. 저 너머로 가면 넌 모든 이들에게 사랑받을 거야.*

언제부턴가 나는 화면 속 사람들을 동경해왔다. 그곳으로부터 철저히 배제된 타자로 존재하며, 스스로를 주인공 자리에서 내몰았다. 나이를 먹는다는 것은 세상의 중심이 아니라는 것을 확인하는 과정이니까. 그 과정을 받아들이지 못하면 꼴사나운 '관종'이 되는 거니까.

나는 성숙한 인간이라고 자위하며 화면 밖에서 살아왔다. 그러나 가슴 깊은 곳에는 세상의 중심이 되고 싶다는 욕망이 감춰져 있었다. *그래, 넌 주인공이야. 그래서 여기까지 온 거잖아?*

화장실에 가서 거울을 보고, 남자친구 엄마의 옷장에서 빨간 원피스를 꺼내 입었다. 내친김에 빨간 립스틱도 바르고, 신발장에서 하이힐도 꺼내 신었다. 약간 크긴 해도 그럭저럭 맵시가 났다. 이제 나에게 어울리는 화면을 통해 저 너머의 세상으로 갈 차례다. 화면 속 세상에서 난 반짝반짝 빛날 거야.

아파트 단지를 나와 삼성역으로 향했다. 건물 벽 전체를 장식한 웅장한 화면은 내게 딱 어울릴 테니까.

삼성역 사거리에 가까워지자 웅성거리는 소리가 들렸다. 여기저기서 경적이 울려댔지만 차들은 꿈적도 하지 않았다. 12차선 도로가 주차장이 되어 있었다. 운전석 문을 열고 나온 사람들이 대형 화면을 향해 비틀비틀 걸어갔다.

대형 화면 앞에는 사람들이 모여 있었다. 시위하는 군중처럼, 아니 꿀에 붙은 개미 떼처럼. 전광판 앞에 늘어선 사람들은 기도문을 외우듯 입을 모아 중얼거렸다.

"저 너머의 세상으로, 저 너머의 세상으로, 저 너머의 세상으로…."

전광판이 가까워질수록 역한 화학물질 냄새가 진동했다. 머리 위에는 검은 구름 같은 연기가 떠돌았다.

"저 너머의 세상으로, 저 너머의 세상으로!"

사람들의 목소리가 높아지다가 뚝 끊겼다. 맨 앞줄에 있던 사람들이 화면을 향해 달려들었다. 서로를 밟아 뭉개고, 밀치고, 악을 써대고….

돌림노래를 부르는 것처럼 뒷줄의 사람들이 낮은 목소리로 중얼거리기 시작했다. 저 너머의 세상으로, 저 너머의 세상… 다시 높아지는 목소리…. 간헐적인 침묵이 찾아올 때마다 사람들은 화면으로 돌진했다. 어떤 이는 머리만 부딪히고 튕겨 나갔고, 어떤 이는 바닥으로 떨어져 다른 이들에게 밟혔다. 그러나 대부분은 유연하게 액정 속으로 파고 들어갔다. 끓는 물에 넣으면 두부 속으로 파고 들어간다는 미꾸라지처럼.

가만, 내가… 왜 여기에 온 거지? 이 촌스러운 원피스는, 하이힐은 또 뭐야?

뭔가 잘못됐다. 저 너머의 세상 따위 있을 리가 없다. 이건 그것들의 음모다. 그것들의 속삭임이, 번쩍이는 화면이 사람들의 정신을, 내 머릿속을 교란시키는 것이다. 그것들이 사람을 홀리고 있다. *crash into.* 충돌하다. 화면 공포증의 마지막 단계에서 사람들은 화면에 대한 공포가 아니라, 화면에 대한 매혹 때문에 뛰어드는 것이다.

역시… 그 방법밖에 없는 걸까.

나는 하이힐을 벗었다. 그리고 한 손에 하나씩, 거꾸로 쥐었다. 뾰족한 구두 굽이 두 개의 창처럼 내 눈을 겨누었다. 구두를 쥔 손이 바들바들 떨렸다. 힘 조절을 잘해야 해. 너무 깊이 찔러서 뇌까지 파고 들어가면 낭패니까.

땀이 흥건한 손으로 구두를 부여잡고 저절로 감기려는 눈을 부릅뜨는데,

삐이이- 하는 고주파 음이 뇌를 스캔하듯 천천히 훑고 지나갔다.

눈앞의 세상이 파랗게 물들었다.

코엑스도 무역센터 빌딩도 온통 푸른 빛에 잠겨 있었다.

두려움은 사라지고, 몸이 가볍게 부풀어 올랐다.

고개를 들어 화면을 보았다.

아름다운 화면이, 천상의 빛이 나를 맞이하고 있었다.

나는 인파를 뚫고 앞으로 나아갔다.

사람들의 끈적끈적한 피부가 닿았지만 상관없었다.

내가 살아갈 세상이, 청결하고 완벽한 세상이 나를 기다

리고 있으니까.

마침내 저 너머의 세상이 손에 잡힐 듯 가까워졌다.

어서 와. 화면 속 세상으로. 이곳에서는 오직 너, 너만이 주인공이야.

나는 따뜻한 액정에 손을 맞댔다. 쿵.

쿵.

쿵.

미래를 기억하는 남자

1월 9일

　기시감이 심해졌다. 예전에도 나는 잊을 만하면 한 번씩 기시감을 느끼곤 했다. 하지만 요 며칠 사이 신경이 쓰일 정도로 빈도가 잦아졌다.

　예를 들어 책을 읽는데 예전에 읽었던 것 같다든지 사람을 만나 대화하다가 문득 전에도 같은 상황에서 같은 말을 한 적이 있는데, 하는 느낌이 드는 것이다.

　오래된 책이나 친구라면 그럴 수 있어도 예약 구매한 신간에 거래처에서 처음 만난 사람이니 그럴 확률은 제로다. 그런데도 무시할 수 없는 이 선명한 느낌의 정체는 뭘까.

　혹시 나는 미래의 경험을 기억하고 있는 것이 아닐까.

말이 안 된다고 생각하면서도 그런 망상에 사로잡혔다.

1월 10일

오늘도 책을 읽는데 기시감을 느꼈다. 나는 무릎 위에 책을 엎어 놓고 다음 장에 전개될 내용을 기억해내기 위해 애썼다. 물론 헛수고였다.

기시감이란 해마의 혼란으로 과거의 기억회로와 현재의 경험을 지각하는 회로가 꼬여버려 일어나는 현상이다. 정상인에게도 간혹 일어나지만 심각한 경우에는 신경질환으로 보기도 한다.

기시감을 이용해 미래를 기억하는 일이 가능할 리가 없다. 애당초 '미래'와 '기억'은 전혀 어울리지 않는 단어다. 그러니까 기시감 따위 착각이라고 무시해버려도 된다. 아니, 무시해버려야 한다.

1월 16일

기시감을 무시하려고 의식적으로 노력했지만 도무지 떨쳐낼 수가 없었다. 게다가 며칠 전부터 기시감에 일정한 패턴이 나타났다. 어떤 선택에 대해 후회하게 되는 시점에 꼭 기시감을 느끼는 것이다. 그때마다 나는 어리석은 일을 한 번 더 반복한 것만 같은 죄책감에 시달려야 했다. 그것이 사실이 아니란 걸 알면서도 느끼게 되는 이중의 죄책감.

나는 하나의 가설을 세워보았다.

내 선택을 뒤집어보면 어떨까? 선택의 시점에서 내가 옳다고, 혹은 하고 싶다고 생각하는 것과 반대로 행동한다면 기시감이 없어질 수도 있지 않을까?

1월 17일

오늘 점심에 동료 몇 명과 새로 생긴 중국집에 갔다.

탕수육 대자를 먼저 주문하고, 각자 짜장면을 먹을지 짬뽕을 먹을지 정했다. 갑자기 추워진 날씨에 뜨끈한 짬뽕을 먹고 싶었지만 가설을 적용해보려고 일부러 짜장면을 시켰다. 짜장면은 그런대로 먹을 만했다. 짬뽕 맛은? 형편없었다. 짬뽕을 주문한 직원들은 하나같이 반도 못 먹고 남겼다. 내게는 어떤 기시감도 나타나지 않았다.

혹시 내 가설이 입증된 것이 아닐까. 기시감은 역시 미래의 기억과 관련 있는 걸까. 공연히 심장이 두근거려 오후에는 일에 집중이 되지 않았다. 우연의 일치일 수도 있으니 비슷한 사례를 더 모아봐야겠다.

1월 21일

가설이 적중했다!

지난 며칠 동안 '반대의 선택'을 한 결과 기시감이 확연히 줄어들었다. 음식점 메뉴를 고르는 시시한 일뿐만 아니라 업무와 관련된 비교적 중요한 일까지 내가 원하거나 맞다고 생각하는 것과 반대의 선택지를 고르면 대부분 잘 풀렸다.

결과적으로 보면 내 판단력이 한심한 수준이라는 얘기나 다름없지만 그 한심한 판단을 거스르기만 하면 되니까 굳이 기분 나빠할 필요는 없다.

1월 23일

부장이 족부정형외과 의사 선생과 소개팅을 하지 않겠냐고 물었다. 의사라는 말에 솔깃했다가 사진을 보는 순간 흥미가 싹 달아났다. 여자의 이목구비는 내 이상형과 정반대의 조합이었다. 못생긴 얼굴은 아니지만 그렇다고 예쁜 얼굴도 아니다. 됐어요, 라고 말하려던 나는 멈칫했다. 그 여자의 사진을 어디선가 본 적이 있는 듯한 느낌, 기시감이 들었기 때문이다.

소개팅에도 가설에 따라 반대의 선택을 적용해야 하나. 밑져야 본전이니 부장에게 만나보겠다고 했다. 그리고 보니 좀 이상하다. 기시감이 후회의 시점보다 먼저 찾아온 건 처음이다. 이제 기시감은 선택의 결과까지 예언해 주는 걸까?

1월 29일

여자를 만났다. 족부정형외과 의사와 회계 담당자의 만남에서 공통 주제를 찾기란 쉬운 일이 아니었다. 초등학교 5학년 때 자전거 타다 넘어져 발목에 금이 갔던 얘기를 하고 나니 더는 할 말이 없었다. 취미가 뭐냐, 좋아하는 음식은 뭐냐, 기껏 질문을 던져도 여자는 단답형으로만 말했다. 극도로 내향적인 성격이거나, 지나치게 긴장한 것 같았다.

부장의 소개라서 만나기는 했는데(물론 기시감도 무시할 수는 없었다.) 두 번 만나야겠다는 생각은 들지 않았다. 당연히 집에 바래다주지도 않았다. 지하철역에서 헤어지면서 제가 먼저 연락드리겠다고 여러 번 힘주어 말했다. 그래야 그쪽에서 연락하는 일이 없을 테니까.

집에 와서 쓰레기통에 여자의 명함을 던져버리는데 강한 기시감이 머리를 때렸다. 나는 쓰레기통에서 명함을 도로 꺼내 책상 서랍에 넣어두었다.

이성적으로 생각하면 여자와 사귀는 것도 나쁘지 않다. 부장 말로는 할아버지 대부터 의사 집안이라 5층 건물 하나를 정형외과 병원으로 쓴다고 했다. 여자랑 결혼하면 먹고살 걱정은 하지 않아도 된다는 뜻이다. 얼굴 뜯어먹고는 못 산다던 어머니 말이 떠올랐다. 어머니는 아버지의 외모에 반해 결혼했다. 아버지는 밥값은 못하면서 얼굴값은 했고, 어머니는 평생 속을 끓이다 비교적 이른 나이에 돌아가셨다. 나는 아버지와 연을 끊었지만 나이가 들수록 거울 속에서 아버지의 얼굴을 본다.

여자를 한 번 더 만나보는 것도 괜찮겠다. 외모는 잠시 접어두자.

기시감은 미래의 내가 보내주는 메시지 같은 게 아닐까? 현재의 내가 올바른 선택을 할 수 있도록 말이다.

2월 12일

여자에게 연락이 왔다. 책상 서랍에 명함을 넣어두고는 마음이 동하지 않아 차일피일 미루던 참이었다.

약속도 없는 토요일 오후라 거절할 이유도 없었다. 정성껏 샤워하고 꼼꼼히 면도한 다음 청바지에 스웨터, 가벼운 점퍼를 걸쳐 입고 약속 장소에 나갔다. 예약제로만 운영되는 고급 일식집이었다. BMW를 끌고 나온 여자는 나를 보자마자 양복 입은 모습도 멋있었는데 캐주얼도 잘 어울린다며 칭찬했다. 당연한 소리를 한다 싶으면서도 기분이 나쁘지 않았다.

"제가 만나자고 했으니 제가 살게요."

여자는 메뉴판을 보지도 않고 매화 코스를 주문했다. 최상급 숙성 회와 사케가 혀 위에 녹아 들어가니 밋밋한 여자의 얼굴도 조금은 입체적으로 보였다.

식사를 마치고 여자가 와인 바로 자리를 옮기자고 했다. 1차를 톡톡히 얻어먹었으니 2차는 내가 사야 하겠지만 그러고 싶지 않았다. 집에 볼일이 있어 가봐야겠다는 뻔한 핑계를 대려는데 여자가 반가운 소리를 했다. 회원제로 운영하는 곳인데 갈 기회가 별로 없어 회비가 아깝다는 것이다. 그렇다면 간만에 와인 좀 마셔줘야지.

와인을 세 병쯤 마시고 나니 꽤 늦은 시간이었다. 여자와 자정을 넘겨 이틀을 같이 보낼 생각은 없었다.

"슬슬 일어나시죠."

내 말에 여자가 대리기사를 불렀다.

"집까지 바래다 드릴게요."

차 뒷좌석에 나란히 앉아 있는데 여자의 검은 미니 원피스 밑으로 하얀 허벅지가 드러났다. 여자가 내 시선을 느끼고 치마를 잡아 내렸다. 그러지 마, 당신은 얼굴보다 다리가 더 예뻐.

집에 도착할 즈음 여자가 가방에서 주황색 상자를 꺼냈다.

"내일모레 밸런타인데이잖아요. 월요일은 제가 야간 진료라…. 별거 아니지만 받아주세요."

기껏해야 고디바 초콜릿일 줄 알았는데, 에르메스 로고가 박혀 있었다.

"고마워요."

매력적인 미소를 지어 보이자 여자의 볼이 붉어졌다. 집에 들어와 신발도 벗지 않고 상자를 열어젖혔다. 시계가 들어 있었다. 오늘 여자와 보낸 시간이 아깝지 않았다.

2월 13일

오전 열 시 반. 주말 아침의 게으름을 만끽하는데 난데없이 핸드폰이 진동했다. 여자였다. 아침부터 감사 인사라도 받을 셈인가. 수신 차단을 누르려는데 또 기시감이 들었다. 젠장, 내키지 않았지만 전화를 받았다.

"네."

대답을 듣고도 한참을 머뭇거리던 여자가 들릴 듯 말 듯한 소리로 말했다.

"저 지금 집 앞인데요. 같이 가고 싶은 곳이 있어서요. 준비하고 나오실 때까지 기다릴게요."

솔직히 황당했다. 이렇게 집 앞에 불쑥 찾아오려고 어제 데려다줬나? 데이트 첫날 비싼 시계 좀 줬다고 자기 멋대로 해도 된다고 생각하나?

성질 같아선 일요일 오전부터 뭐 하는 짓이냐며 욕을 퍼붓고 싶었지만 나는 미래의 내가 보내는 지시에 따르기로 했다. 대충 씻고 머리에 왁스도 바르지 않은 채 부스스한 모습으로 나갔다. 여자는 그런 모습도 귀엽다며 웃었다.

맙소사, 여자가 데리고 간 곳은 서울 근교의 별장이었

다. 넓은 정원은 빅토리아 아일랜드의 부차드 가든을 떼어다 놓은 듯했고, 뒤뜰에는 수영장이, 2층 테라스에는 자쿠지가 있었다. 거실에는 영화에서나 보던 벽난로는 물론 사슴 머리 박제에 얼핏 봐도 비싸 보이는 앤티크 장식품과 가구들이 그득했다. AI 시스템으로 실내 산소 농도까지 조절되는 집. 부자들은 정말 이런 별장에서 사는구나. 나는 저절로 벌어지는 입을 다무느라 고생했다.

3월 6일

여자와의 만남을 지속하는 건 상류층 생활에 대한 동경 때문이 아니다. 미래의 기억이 나를 그렇게 하도록 이끄는 것이다.

3월 30일

놀랍게도 여자가 내게 프러포즈했다. 사실 지금까지의 관계를 돌이켜보면 놀랄 일도 아니다. 다만 이렇게까지 빠르게 진행될 줄은 몰랐다. 여자를 사랑하는 건 아니었지만 거절할 이유도 없었다.

"내가 먼저 말해야 했는데 기다리게 해서 미안해. 용기 없던 날 용서해줄 수 있겠니."

나는 여자의 귀에 옛날 유행가 가사 같은 말을 속삭였다. 여자는 매우 기뻐하며 오히려 자기를 받아줘서 고맙다

고 눈물을 흘렸다. 나는 내 멋들어진 연기에 스스로 감탄
했다.

5월 19일

아내는 모든 것을 알아서 준비해놓는 여자다. 그런 여자
와 살다 보니 나는 별로 선택할 일이 없었다. 아내의 취향
은 고급스러웠기 때문에 나는 그 선택에 어떤 불만도 느끼
지 않았다. 기시감도 뜸해졌다.

아내는 내게 힘들면 회사에 다니지 않아도 된다고 말했
다. 언제고 때려치울 수 있다는 생각으로 다니다 보니 자
신감이 생겨서인지 회사에서도 전보다 더 인정받게 되
었다.

나는 지금의 생활에 더할 나위 없이 만족한다. 역시 아
내와 결혼한 건 현명한 판단이었다. 기시감이라는 신호로
나를 이끌어준 미래의 나에게 감사한다.

6월 24일

저녁을 먹다가 문득 아내의 얼굴을 쳐다보고 그만 소리
를 지를 뻔했다. 가뜩이나 예쁘다고 할 수 없던 얼굴에 피
둥피둥 살이 올라 있었다. 코는 더 낮아 보였고, 작은 눈은
살 속으로 파묻힐 지경이었다.

밥맛이 뚝 떨어져 숟가락을 놓고 일어섰다. 아내가 단춧

구멍 같은 눈으로 나를 보며 물었다.

"왜요, 맛이 없어요?"

"아니, 잠깐 화장실 좀."

상기된 얼굴, 핏발 선 흰자위. 거울 안에는 지친 표정의 남자가 있었다. 저런 여자랑 평생을 살아야 한다고? 고작 기시감 때문에? 입안에 진득한 침을 그러모아 세면대에 뱉는데 또 기시감이 들었다. 숨통이 조여들었다. 변기를 끌어안고 먹은 걸 전부 게워내도 목구멍이 꽉 막힌 듯한 느낌은 사라지지 않았다.

"여보, 괜찮아요? 등 두드려줄까요?"

욕실 밖에서 아내의 목소리가 들렸다. 특유의 탁한 목소리를 들으니 진정되려던 속이 다시금 울렁거렸다.

기시감이 미래의 내가 보내는 경고라니, 미친 생각일 뿐이다.

6월 29일

지난 며칠간 아내에게 욕을 하고 악을 쓰고 내 멋대로 행동했다. 그러자 시도 때도 없이 기시감이 찾아왔다. 뭐가 현실이고 뭐가 착각인지 구분조차 할 수 없었다. 아무래도 미래의 나는 아내와 내가 원만하게 지내기를 바라나 보다.

어쩔 수 없이 특별한 날 마시려고 아껴둔 위스키 한 병을 목구멍에 쏟아붓고 아내를 안았다. 비로소 나 자신으로 돌아온 듯 정신이 맑아졌다.

결국 나는 미래의 기억에 굴복할 수밖에 없는 걸까.

7월 4일

아내가 하루가 다르게 부풀어 오르고 있다. 혐오스럽다.

8월 10일

우리 부서에 새로 들어온 인턴사원 H. 첫눈에 반했다는 표현은 쓰고 싶지 않지만, 다른 말을 찾을 수가 없다.

H의 뒤에 서서 달콤한 향수 냄새를 맡았다. 향기가 기분 좋게 코끝을 간질였다.

"뭐 도와줄 거 있으면 나한테 말해요."

"감사합니다, 과장님."

H가 윤기 나는 긴 머리카락을 찰랑거리며 돌아봤다. 그리고 곧 찾아온 기시감. 이런, H와 엮이면 안 된다는 의미인가.

8월 22일

H에게 줄곧 냉랭한 태도를 유지하고 있다. 간혹 오가다 마주쳐도 업무 이외의 사적인 이야기는 하지 않는다. 물론 부하 직원과 적절한 거리를 유지하기 위해서다. 기시감 따

위가 무섭기 때문이 아니다.

8월 26일

오늘따라 부서 회식이 길게 이어졌다. 2차로 간 호프집에서 화장실에 갔다가 담배를 피우러 건물 밖으로 나왔는데, H가 통화를 하고 있었다. 눈짓으로 알은체하고 호프집으로 들어가려는데 H가 나를 불렀다.

"과장님."

"응. 무슨 일이야?"

나는 놀란 기색을 숨긴 채 멈춰 섰다.

"저한테 무슨 불만 있으세요?"

"불만은 무슨, 내가 H에게 불만 있을 일이 뭐가 있지?"

"그런데 저를 왜 그렇게 차갑게 대하세요?"

"아니, 난 그냥 업무적으로 대한 것뿐인데. 그렇게 느꼈다면 미안."

말하면서도 내가 언젠가 했던 말을 반복하고 있다는 은은한 압박감에 짓눌렸다. 일어나서는 안 될 일이 일어날 것 같은 예감에 서둘러 자리를 피하려 했지만, H는 집요하게 내 앞을 가로막았다. 풀린 단추 사이로 보이는 가슴골에 가라앉았던 취기가 확 올라왔다. 과장님, 저를 피하지 말아주세요. H가 내 품으로 쓰러지듯 안겼다. 손이 내 의지와 상관없이 H의 허리를 움켜쥐고 세게 당겼다. 뜨거운 숨을 내뱉는 도톰한 입술 사이로 혀를 밀어 넣었다.

그 순간, 날카로운 기억의 파편이 뇌를 할퀴었다. 강렬한 기시감. 하지만 난 H랑 키스한 적이 없잖아. 응?

9월 2일

도대체 얼마 만인가. 내가 원하는 쪽으로 선택한 것이.

나는 H를 안았다는 만족감보다 내가 하고 싶은 일을 해냈다는 충족감으로 한껏 들떴다.

한 번 더 해요.

H가 내 위에 올라왔다. 골반 위에서 움직이는 유연한 허리… 낮게 신음하며 몰캉한 가슴을 움켜쥐는 순간, 기시감이 찾아왔다. 미친, 이럴 거면 더 확실한 미래를 보여달란말이야. 어디 누가 이기나 해보자. 미간에 주름을 잡으며 다음 순간 일어날 일을 기억해내려 했으나 깊이를 알 수 없는 암흑만이 뇌 주름 사이로 번져 나갔다.

내 위에서 격렬히 움직이던 H가 짧은 교성을 지르며 가슴 위로 엎어졌다. 미래의 경고등은 돌아가고 있는데 내선택이 어떤 후폭풍을 가져올지는 아직 알 수 없다.

9월 4일

냉정히 생각해보자.

(실리적으로) 좋은 선택이 (감정적으로) 나쁜 결과를 가져오

고, 나쁜 선택이 만족스러운 결과를 가져온다면 어느 쪽을 선택하든 50퍼센트의 불만족이 생기는 셈이다.

하고 싶은 일을 해도 기시감이 들고, 하고 싶은 일을 하려 해도 기시감이 들고, 하고 싶지 않은 일을 하면 기시감은 들지 않지만 그렇다고 딱히 행복하지는 않으니까.

그래, 미래의 기억이고 나발이고 내가 원하는 대로 하는 거야.

9월 9일

모든 건 마음먹기 달렸다!

이번 주 내내 나는 아내에게 화내고 싶으면 화냈고, H를 안고 싶으면 집에 들어가지 않고 밤새도록 탐했다. 불쑥불쑥 기시감이 찾아왔다. 그래도 일상생활에 지장을 줄 정도는 아니었다. 다만 요즘 유난히 부장의 잔소리가 심해졌다. 집에 무슨 안 좋은 일이라도 있냐, 요즘 왜 이리 넋이 나간 사람처럼 보이냐, 건강은 괜찮냐. 다른 직원 앞에서는 자상한 상사인 척 걱정하듯 말하지만 속으로 비아냥대는 걸 누가 모를 줄 알고? 자기보다 내가 더 잘나갈까 봐 전전긍긍하는 꼴이라니.

보란 듯이 회사를 관두고 싶지만 그렇게 하면 H를 만날 구실이 없어지니 내가 참는다.

10월 7일

역시 미래의 내가 보낸 경고를 따라야 했나.

H는 보기와 달리 히스테리가 심한 여자였다. 음식점 직원이 불친절하다는 둥, 앞머리를 잘랐는데 마음에 들지 않는다는 둥, 모텔 공기가 꿉꿉하다는 둥 사소한 불평불만이 귀가 아플 정도로 이어졌다. 음식점 직원은 충분히 친절했고, 앞머리는 잘랐다는 말을 듣고 봐도 달라진 점을 모르겠고, 모텔 공기는 쾌적하진 않지만 나쁘지도 않다고 생각하는 나로서는 이해할 수 없는 이야기들이었다.

그러다가도 언제 그랬냐는 듯 내 품에 안겨서 새된 소리로 더, 더, 외치며 낭창낭창 감겨 왔다. 섹스 후에는 발가벗은 채 내 팔을 베고 면도한 지 며칠 되지 않아 털이 까끌까끌 올라오는 가슴을 쓰다듬곤 했다.

H는 어쩌면 조울증 환자인지도.

10월 16일

H와의 관계를 유지하고 있지만 그렇다고 사랑하는 건 아니었다. 처음 안을 때 느꼈던 짜릿한 감각도 무뎌진 지 오래다.

나는 불어 터진 우동 두 그릇 사이에 올려놓은 젓가락처럼 아내와 H, 두 여자 사이에 걸쳐 있다.

10월 24일

　아내랑 있을 때면 무슨 행동을 해도 기시감이 들지 않는다. 신기한 일이다. 심지어 아내의 얼굴도 전보다 예뻐진 것 같다. 살이 빠져서 그런지 시술이라도 받았는지 콧대도 턱선도 달라졌다. 얼핏 보면 H랑 닮아 보이기도 한다. 혹시 둘이 같은 성형외과라도 다니나. 상관없다. 눈이 괴롭지만 않으면 된다.

10월 26일

　슬슬 H는 정리해야겠다. 아내와 있을 때와 대조적으로 H랑 있을 때 기시감이 더 심해지고 있다. 피로를 느끼면서까지 유쾌하지 않은 관계를 끌고 나갈 이유는 없다.

10월 28일

　나야, 와이프야. H가 다그쳤다. 젠장, 한발 늦었다. 내가 먼저 정리하자고 말했어야 하는 건데. 별수 없이 오늘은 대충 뭉개고 넘어갔다.

10월 31일

　10월의 마지막 날. 이별하기 좋은 날이다.

　출근해서 업무 메일을 확인하고, H에게 사내 메신저로 그만 만나자고 했다. 메시지를 확인하고도 한동안 답이 없던 H는 열한 시가 넘어서야 답장을 보냈다.

[B동 카페에서 봐요.]

B동 카페는 우리 회사 사람들이 거의 가지 않아 H와 몰래 데이트하던 곳이다. 먼저 나간 H와 약간의 시차를 두고 카페로 갔다. 구석에 앉아 있던 H는 나를 보더니 카운터로 가서 아메리카노를 주문했다. 나는 주문하지 않고 자리에 앉았다. 이야기를 길게 끌고 싶지 않았다.

H는 커피를 들고 내 맞은편에 앉아 낮은 목소리로 말했다.

"내 말 잘 들어. 지금부터 당신 손등에 커피를 부을 거야. 입도 벙긋하지 마. 조금이라도 움직이면 소리 지를 거야. 저기 부장님 계셔."

H가 눈으로 가리키는 자리에 부장이 있었다. 맞은편 사람은 뒤통수밖에 보이지 않아 누군지 알 수 없었다. 우리 회사 사람은 아닌 것 같았다.

"손 올려. 오른손."

H가 탁자를 톡톡 치며 말했다.

"지금 뭐 하자는 거야?"

"입도 벙긋하지 말랬는데…."

H의 눈길이 부장에게로 향했다. 마지못해 손을 올리자 H가 내 손등 위에 천천히 커피를 부었다. 커피는 생각보다 더 뜨거웠다. 나는 신음도 흘리지 못하고 손등이 벌겋게

익어가며 물집이 잡히는 걸 보고 있어야 했다.

11월 1일

퇴근해서 집에 오니 아내가 있었다. 드문 일이다. 아내는 내 손에 감은 붕대를 물끄러미 바라봤다. 실수로 뜨거운 차를 엎었다고 말하려는데 어쩐 일인지 물어보지도 않았다. 평소 아내는 면도하다 베인 상처에도 연고를 발라주며 호들갑을 떨었다.

"저녁은요?"

"먹었어."

서재로 들어와 책상 서랍을 열었다. 일기장의 위치가 조금 바뀐 것 같았다. 기분 탓일까? 혹시 아내가 내 일기장을 봤다면? 그래서 손에 대해 아무 말도 하지 않았다면?

괜찮다. 설령 일기장을 봤더라도 아내는 내게 추궁할 사람이 아니다. 지레 겁먹지 말자.

11월 4일

H가 '작별 의식'을 치르자고 했다. 어려운 일도 아니라 금요일 저녁에 항상 가던 모텔에 갔다. 마지막이라고 생각하니 짜릿한 감정이 되살아났다.

"욕조에서 한 번 더 하자. 먼저 들어가 있어."

H가 말했다. 격렬한 섹스 뒤라 그런지 따뜻한 물에 들어

가자 노곤함이 밀려왔다. 저절로 눈이 감겼다.

위이잉, 소리에 눈을 떴다. H가 욕조 앞에서 드라이기를 들고 서 있었다. 미친년! 벌떡 일어나 욕조 밖으로 몸을 날렸다. 드라이기는 이미 욕조 속으로 들어갔다. 나는 욕실 벽의 코드를 잡아당겨 뺐다. H가 달려드는 바람에 뺨을 한 대 갈겼다.

"정신 차려. 너 나 사랑해? 왜 이래? 인생 망치고 싶어서 그래?"

"사랑? 웃기지 마. 네가 뭔데 그만 만나라 말라야. 끝내도 내가 끝내. 내 방식으로."

H의 눈이 광기로 번들거렸다. H가 하이에나처럼 웃어댔다. 기시감. 지독한 기시감이 한밤에 플래시를 터트리는 파파라치처럼 몰아쳤다. 눈앞에서, 그리고 머릿속에서 H가 동시에 발광하는 바람에 몹시 어지러웠다. 간신히 H를 뿌리치고 밖으로 나왔다. 오른손이 욱신거렸다. 언제 물렸는지 화상 흉터 위에 깊은 이빨 자국이 나 있었다.

11월 7일

회사에 출근했는데 H가 보이지 않았다. 무단결근이었다.

"요즘 애들이란, 취업하기 어렵다고 징징대다가도 막상 되고 나면 제멋대로 군다니까."

부장이 혀를 차며 말했다. H야 정규직 전환도 확실치 않은 인턴이었고, 나와의 관계도 끝났으니 회사를 그만두는 것도 나쁘지 않은 선택이다.

11월 8일

퇴근길, 집 근처 꽃가게에서 장미꽃 한 다발을 샀다.

"웬 꽃다발이에요?"

아내가 의외라는 듯 물었다. 아내는 오늘도 집에 일찍 와 있었다. 페이 닥터를 부원장으로 들여서 일이 좀 한가해진 모양이다.

"우리 예쁜 마누라에게 선물하려고."

나는 아내를 번쩍 안아 침실로 데려갔다. 오랜만에 아내와 관계하며 집중할 수 있었다.

"좋았어?"

"응."

아내가 알몸으로 내 품에 파고들며 털이 자라기 시작한 가슴을 만지작거렸다.

어쩐지 익숙하고 좋은… 아니, 좋지 않다. H가 관계 후 내게 하던 습관. 과연 우연일까? 역시 아내는 내 일기장을 본 걸까?

11월 9일

H 말이야. 죽었다며? 응. 모텔에서 발견됐대. 목이 졸린 채로. 목이 졸렸다고? 교살? 드라이기 줄에 목이 친친 감겨 있었대. 범인은 잡혔대? 글쎄, 아직 수사 중일걸. 참하게 생겨서는 어쩌다 그랬대? 모르지 뭐. 껍데기만 보고 사람 속을 어떻게 아나.

점심시간, 휴게실 커피 자판기 앞에서 우리 부서 사람들이 수군댔다. 손에 힘이 빠져 종이컵을 떨어뜨렸다. 커피가 회색 카펫 위로 좌악 쏟아졌다. 하얀 타일 위에 펼쳐진 H의 머리카락처럼. 타일? 머리카락?

내가, H를 죽였어?

눈알이 빠져나올 듯 심한 두통. 서둘러 반차를 내고 퇴근했다. 대낮인데도 아내가 집에 있었다.

"여보, 나 앞머리 이상하지 않아?"

"뭐?"

"오늘 미용실 원장이 갑자기 쉬게 됐다는 거야. 그래서 실장한테 커트했더니 마음에 안 들어."

어, 이건 뭐지. 이제 아내와 있을 때도 기시감을 느끼나.

"나 샤워 좀 할게."

나는 도망치듯 욕실로 들어갔다. 머리 위로 쏟아지는 물줄기를 맞다가 가슴이 쿵, 내려앉았다. 기시감이 아니었다. 아내가 한 말은 예전에 H가 했던 말과 토씨 하나 틀리지 않았다. 도대체 왜?

11월 10일

회사를 쉬고, '그날' 있었던 일을 기억하려 애썼다. 도무지 기억이 나지 않아 욕조에 뜨거운 물을 받고 몸을 담갔다. 그날과 비슷한 환경을 만들자 서서히 기억이 돌아왔다. 욕조 속에서 깜빡 잠이 들었고, H가 드라이기로 나를 감전시키려 해서 몸싸움을 했고, 미친 듯 웃는 H를 두고 모텔을 나왔다. 절대로 H를 죽인 기억은 없다. 그렇다면 타일 위에 펼쳐진 머리카락은? 그건 기억이 아닌 꿈이었나? 기시감 때문에 기억회로가 손상된 것일까? 내가 나간 뒤 H가 자살한 거라면?

어쨌거나 모텔에는 내 DNA투성이일 것이다. 경찰이 나를 찾아오는 건 시간문제다.

11월 13일

경찰도 경찰이지만, 그보다 신경 쓰이는 건 아내다. 아내를 보면 꼭 H를 보는 듯한 착각이 든다. 얼굴, 행동, 말투… 이제 목소리까지 H와 똑같이 변해가고 있다. 아내를 보고 느끼는 게 기시감인지 H와의 기억이 중첩된 건지 구분조차 할 수 없다.

11월 14일

오늘도 아프다는 핑계로 회사에 가지 않았다. 경찰은 아직 찾아오지 않았다.

11월 15일

　서재에 틀어박혀 편두통을 가라앉히는데 노크 소리가 들렸다. 경찰, 경찰이 온 거야.

　경찰이 아니었다. 아내였다. 여태까지 내게 연락이 없는 걸 보면 단서를 남기지 않았는지도 모른다. 이러고 있을 때가 아니다. 어디로든 도망쳐야 한다.

　"여보, 들어가도 돼?"

　밖에서 아내의 목소리가 들렸다. 나는 문을 벌컥 열었다. 도망치려면 돈이 필요했다.

　"나 돈 좀 줘."

　"응?"

　"집에 현금 꽤 있지?"

　"어디 가게? 몸도 안 좋다며."

　"좀 갈 데가 있어. 연락할게."

　"거짓말. 나한테서 떠나려고?"

　"떠나긴 누가 떠난다 그래."

　"나랑 끝내고 싶어? 당신 마음대로는 안 될 거야. 끝을 정하는 건 나거든."

　아내가 웃었다. 하이에나처럼. 젠장, 내가 너한테 그딴 식으로 웃지 말라고 했어, 안 했어? 나는 책상 위의 스탠드를 낚아챘다. 두둑, 코드가 뽑히고 검은 줄로 아내의 목을 감았다. 하얀 목, 보랏빛 얼굴, 벌겋게 물든 흰자위, 녹슨 자전거 바퀴처럼 끄륵대는 소리, 입에서 나오는 뜨끈한 열기, 그리고 침 냄새….

모든 감각이 깨어나는 듯 선명한 기시감이 들었다. 아니, 기시감이 아닌가?

1월 1일

감옥에서 새해를 맞았다. 오른손은 재판하느라 제때 치료받지 못해 신경이 손상됐다. 간단한 동작은 할 수 있지만 정교한 동작은 할 수 없게 되었다. 요즘은 왼손으로 글씨 쓰는 연습을 하고 있다.

1월 3일

같은 방 노인은 괴짜다. 자기가 은퇴한 과학자고, 기시감에 관해 연구한다고 했다. 기시감이라니, 듣기도 싫었지만 억지로 입을 틀어막을 수는 없는 노릇이었다.

"기시감은 뇌의 딸꾹질 같은 거야. 딸꾹질이 숨 쉬는 근육들이 박자를 잘못 맞춰 생기는 실수라면, 기시감은 기억을 떠올리는 해마나 감각 세포들이 실수를 저지르는 것이지."

노인은 장황하게 예를 들어가며 설명했다. 내가 아는 지

식과 별반 다를 것도 없었다.

1월 4일

노인이 조용해졌다. 밥도 거의 먹지 않고 온종일 가부좌를 틀고 앉아 무언가를 중얼거렸다. 명상이라도 하는 걸까?

1월 7일

노인이 또 말을 걸었다. 지난 사흘간 조용하다 했더니.

"내가 기시감이 뇌의 딸꾹질이라고 했던 거 기억나나? 이 딸꾹질을 일부러 하게 만들 수 있다면 자네는 어떡하겠나?"

"기시감을 일부러 느끼게 한다고요? 뭐 하려요?"

기시감이라면 지긋지긋하다. 감옥에 와서 좋은 점 하나는 기시감을 느끼지 않는다는 것이다.

"그야 물론, 과거를 바꾸기 위해서지."

나는 코웃음을 치며 말했다.

"영감님 과거나 바꾸시죠."

"왜 안 해 봤겠나. 내 뇌세포는 너무 늙어서 감당을 못해. 어떤가? 해볼 텐가?"

"됐습니다."

"생각해 보게나."

144

노인이 방 한구석에 누워 이불을 뒤집어썼다. 괴상한 노인의 허언인 줄 알면서도, 기시감으로 과거를 바꾼다는 말을 쉽게 흘려보낼 수가 없었다. 한때는 나도 기시감을 미래의 내가 보내는 메시지라고 생각했으니까.

1월 8일

아침부터 노인이 콧노래를 흥얼댔다. 내게 말을 시키지는 않고 어쩌다 눈이 마주치면 빙글빙글 웃기만 했다. 저녁을 먹고 방으로 돌아오는데 뒤따라오던 노인이 혼잣말처럼 중얼거렸다.

"인생을 바로잡을 기회를 놓치면 바보지."

"영감님은 왜 여기 계시는데요."

"말했잖나. 내 뇌세포로는 강한 뇌파를 보낼 수가 없어. 실험이 성공하려면 자네처럼 젊은 뇌가 필요하다네."

"여긴 감옥이잖아요. 어떻게 실험하시게요?"

내가 반응을 보이자 노인은 신이 나서 무협지에 나오는 전음입밀傳音入密 같은 원리라고 설명했다. 전음입밀. 멀리 떨어진 상대에게 목소리를 전달하는, 쉽게 말해 텔레파시 같은 기술이다.

좀처럼 잠이 오지 않았다. 일 년 전의 나에게 내 목소리를 전달할 수 있다면, 모든 걸 바로잡을 수 있지 않을까.

1월 9일

아침에 일어나자마자 노인에게 말했다.

"해보겠습니다."

"뭘?"

노인은 천연덕스럽게 모르는 척을 했다.

"과거를 바꿔보고 싶습니다."

"기시감을 일부러 느껴보겠다는 건가?"

"네."

"부작용이 있어도?"

"부작용이요? 어떤 부작용이요?"

"과학자의 양심으로 솔직히 말하겠네. 기시감과 기억이 중첩된다거나, 사물을 인지하는데도 왜곡이 일어나더군. 필터를 낀 것처럼 사람을 구분할 수도 없었어. 이건 어디까지나 내 경우야. 과거를 바꾸는데 사소한 부작용은 감수해야지."

사소한 부작용이라니, 뇌가 완전히 망가진다는 얘기로 들렸다. 하지만 죽을 때까지 감옥에서 썩느니 부작용으로 머리가 터져버리는 게 나을지도 모른다.

"너무 겁먹지 말게. 죽진 않아. 어때? 할 텐가?"

노인답지 않은 형형한 눈빛. 불현듯 오한이 느껴졌다.

"하겠습니다." 떨리는 목소리로 말했다.

"자, 일단 가부좌를 틀게."

나는 노인의 말대로 가부좌를 틀고 앉았다.

"눈을 감고 내 목소리를 따라오게. 지금부터 일 년 전으로 가는 게야."

눈을 감자 노인이 염불 같기도, 주문 같기도 한 말을 중얼거렸다. 아득해지는 느낌으로 나는 기도했다. 내 의식이 과거의 나에게 연결되기를. 기시감이 잘못된 선택을 막을 수 있기를.

이름 먹는 괴물

괴물은 우리의 이름을 알고 있다.

점심시간이 끝날 무렵이었다. 갑자기 교실이 어두워졌다. 열대지방의 스콜처럼 툭하면 소나기가 내리는 변덕스러운 날씨 탓에 먹구름이 낀 줄 알았다. 뭐야? 비 오나? 그래도 너무 어둡지 않아? 아이들이 낮게 웅성대는데 앞문이 열렸다. 5교시는 국어 시간이고 담임은 언제나 삼 분 빨리 들어온다.

담임이 아니었다. 분홍색 물체가 허공을 가르고 날아 들어와 교탁 옆에 툭 떨어졌다. 생물 시간에 배웠던 췌장을 닮았다. 크기는 삼각자만 했다. 몇 초간 멈춰 있던 물체는 끓어오르는 죽처럼 표면에 기포를 만들며 꿈틀거렸다.

"뭐야, 징그러워."

아이들이 소리를 질렀다. 앞자리 아이들은 벌떡 일어나 뒷걸음질 쳤다. 교실이 한순간에 난장판이 되었다.

"시끄럽게 왜 이래?"

책상에 엎드려 자던 희수가 고개를 들며 짜증을 냈다. 한순간 교실이 조용해졌다. 옆자리 아이가 교단을 가리 켰다.

"어, 저게 뭐야?"

희수는 교복 주머니에 손을 넣고 건들거리며 앞으로 갔 다. 팔목에 찬 팔찌에서 짤랑거리는 소리가 났다. 교탁 옆 에 멈춰 선 희수가 '그것'을 발로 툭 찼다. 그것은 배추벌레 처럼 몸을 움츠렸다.

"그냥 벌레 아니야?"

희수는 잇새로 찍 침을 뱉었다. 앞자리에 앉은 반장이 미간을 찌푸렸다. 희수가 슬리퍼 신은 발로 그것을 밟으려 했다.

"희수야, 잠깐!"

반장이 희수의 이름을 불렀다. 그것을 발로 뭉개면 바닥 이 더러워질 테니까. 반장은 결벽증이 있다.

"아, 왜?"

희수가 반장을 돌아보는데, 그것이 희수의 볼에 들러붙었다. 손으로 떼어내려 했지만 그것은 널찍한 보자기처럼 펼쳐져 희수의 몸을 감쌌다. 양막에 싸인 채 태어난 아기처럼 그 애의 몸이 반투명한 분홍색 막으로 덮였다. 눈코입의 형상이 뭉개졌다. 희수의 비명이 탁하게 들렸다. 희수는 몸부림쳤지만 뾰족한 손톱도 막을 찢지 못했다. 곧 그것은 희수의 형태가 되었다. 오톨도톨한 레오타드를 입은 듯한 분홍색의 희수. 그 애의 비명은 잦아들고, 괴물이 꿀쩍꿀쩍 소리를 냈다. 손가락으로 내장을 휘젓는 듯한, 기분 나쁜 소리였다.

몇몇 아이들이 소리치며 교실 밖으로 뛰어나갔다. 나는 그 아이들이 어둠 속으로 사라지는 걸 보았다. 문밖에는 복도가 아닌 어둠만이 펼쳐져 있었다. 나머지 아이들은 창쪽으로 몰려가 밖을 내다봤다. 5층 구석에 있는 우리 반에서는 운동장이 한눈에 내려다보였다. 나는 언제나 창가 자리에 앉아 운동장을 바라봤다. 오래된 버드나무와 그 아래 낡은 벤치를. 그러나 지금은 운동장이 보이지 않았다. 창밖으로 보이는 건 검은색뿐이었다. 우주 한가운데 떠 있는 것처럼, 우리 교실은 어둠 속에 떠 있었다. 아니, 떠 있는지 묻혀버렸는지 알 수 없었다.

"지금 밖으로 나간 거 누구야?"

반장이 물었다. 반장답지 않게 목소리가 떨렸다.

"도, 도윤이랑 수아."

문 앞에 벌벌 떨고 서 있던 재희가 울먹였다. 손등으로 눈물을 닦으려던 재희는 끼약, 소리를 지르며 엉덩방아를 찧었다. 어둠 속에서 튀어나온 도윤과 수아가, 맹렬하게 날아와 희수에게 들러붙었다. 정확히 말하면 희수를 삼킨 그것에게. 도윤과 수아도 희수처럼 막에 둘러싸였다. 둘은 정신을 잃은 듯 소리를 지르거나 몸부림치지는 않았다. 단백질이 타는 듯한 냄새가 났다. 곧 그 애들도 괴물에게 완전히 '먹혔다'. 이제 분홍색 레오타드를 입은 아이가 셋이 되었다. 그 애들은 등이 붙은 채 태어난 세쌍둥이처럼 느리게 손발을 움직였다. 아이들은 교단에서 최대한 멀리 떨어지려 교실 뒤로 물러났다. 책상이 넘어지고 의자가 쓰러졌다.

"저, 저거 뭐야?"

"괴물."

누군가가 묻고 누군가가 나지막이 읊조렸다. 친한 아이들은 서로를 끌어안듯 바짝 붙어 있었다.

"어떡해? 우리 어떡하면 좋아?"

"몰라. 우리 죽는 거야?"

"집에 가고 싶어."

아이들이 또다시 웅성거렸다. 어디선가 지린내가 풍겼다. 괴물이 내는 냄새라기엔 너무 가까운 곳에서. 냄새의 근원은 민교였다. 민교의 다리를 타고 내려온 미색 액체가 바닥에 얼룩을 만들었다. 민교가 오줌을 쌌다.

"아, 더럽게."

누군가가 뇌까렸다.

"야, 무서우니까 그런 거지. 박민교, 이거라도 써."

누군가가 생리대를 내밀었지만 민교는 받지 못했다. 민교가 손을 내밀기도 전에 괴물에게서 기다란 손이 뻗어 나왔다. 반투명한 분홍색 아래로 비쳐 보이는 파란 팔찌. 희수의 손이었다. 괴물의 일부가 된 희수의 손이 민교의 목덜미를 낚아채 갔다. 포물선을 그리며 날아가던 민교는 등을 천장에 한 번 부딪히고 희수의 머리 위에 달라붙었다. 괴물에게 먹힌 아이들은 아무렇게나 꿰매 붙인 인형들처럼 보였다. 반복되는 냄새와 소리. 아이들이 또 비명을 질렀다. 귀청이 떨어져 나갈 것 같다. 제발, 소리 좀 그만 질렀으면.

"뭐, 뭐야, 진짜? 저 괴물 뭐냐니까?"

"저게 뭔가는 중요하지 않아."

반장이 말했다. 안 그래도 하얀 얼굴에 핏기가 사라져 노랗게 보일 정도였다.

"살아남으려면 저렇게 되는 이유가 뭔지 생각해야 해.

저게 우리를 이유 없이 공격하는 것 같진 않아."

아이들이 반장의 말에 귀를 기울였다. 누군가는 떨어진 생리대를 줍더니 눈물을 닦고 코를 풀었다. 반장은 개의치 않고 말을 계속했다.

"희수는 저걸 밟으려 했고, 도윤이랑 수아는 교실에서 나갔어. 민교는 오줌을 쌌지. 그러니까 돌발행동을 하면 안 돼."

"그럼 다른 세 명은?"

누군가가 물었다.

"뭐?"

"도윤이랑 수아말고도 밖으로 세 명이 더 나갔어."

반장이 굳은 얼굴로 아이들의 수를 세기 시작했다. 하나, 둘, 셋… 열, 열하나. 남아 있는 아이들은 열한 명이었다. 정체를 알 수 없는 무언가가 되어버린 네 명을 더하면 열다섯 명이다. 우리 반은 모두 열여덟 명이다. 오늘 결석은 없었다.

"야, 반장. 제대로 알지도 못하면서 잘난 척이냐?"

"아니, 나도 지금 정신이 없으니까…."

"강예지, 재수 없어."

또 다른 누군가가 반장의 이름을 중얼거렸다. 반장이 목소리의 주인공에게 눈을 흘기는 찰나, 길게 늘어난 괴물의 팔이 반장을 데려갔다. 남은 열 명의 아이들은 교실 구석에 덩어리처럼 뭉쳤다.

"이름이야."

나도 모르게 중얼거렸다. 아이들의 눈길이 내게 쏠렸다. 아차, 싶었지만 주워 담을 수는 없었다.

"뭐? 그게 무슨 말이야?"

"저렇게 된 아이들, 다 이름이 불렸어."

"하, 너도 탐정 흉내냐?"

재희가 어이없다는 듯 말하며 내게 한 발 한 발 다가왔다. 눈물이 채 마르지 않은 얼굴에 조소를 머금고.

"재, 아니 야, 가만있어 봐. 맞는 거 같아."

재희의 팔목을 잡은 사람은 단짝 태영이었다.

"맞긴 뭐가 맞아? 한태영, 설마 저런 찐따 말을 믿냐?"

다음 순간, 괴물이 태영을 데려갔다. 정말 이름인가 봐. 아이들이 수군거렸다. 태영의 뼈가 꺾이는 소리가 들렸다. 역겹지만 묘하게 식욕을 자극하는 냄새, 꿀쩍꿀쩍 소리⋯. 한 명의 아이가 괴물에게 흡수되기까지는 대략 오십 초 정도 걸렸다. 아이들도 더는 소리를 지르지 않았다. 오직 재희만이 머리를 쥐어뜯으며 횡설수설 떠들어댔다.

"안 돼, 안 돼, 안 돼! 태영아! 설마 나 때문이야? 정말 내가 이름을 불러서 그런 거야?"

"김재희, 시끄러워."

누군가 말했다.

재희도 괴물이, 괴물의 일부가 되었다. 일곱 명의 아이들을 흡수한 괴물은, 손이 여러 개 달린 인도의 신처럼 느린 춤을 추듯 천천히 움직였다.

우리는 서로를 죽일 수 있다. 아니 괴물로 만들 수 있다.

이제 남은 아이들은 여덟 명이다. 유준, 민호, 세정, 승진, 은채, 지안, 하경, 그리고 나.

아이들은 아무 말도 하지 않았다. 누군가는 바닥에 주저앉았고, 누군가는 책상에 걸터앉았다. 아무 의미 없는 일이라는 걸 알면서도 누군가는 책상과 의자를 쌓아 바리케이드를 만들었다.

◇

몇 시간을 교실에 갇혀 있었는지 모르겠다. 모든 시계는 12시 57분에 멈춰 있다. 괴물이 들어온 시간이다. 핸드폰은 불통이다. 아이들의 얼굴은 꼬질꼬질하고 눈빛은 공포로 번득인다. 괴물은 여전히 교단에 서서 몸을 흔들고 있다. 가끔 기괴한 소리—흡수된 아이들이 동시에 절규하는 듯한—를 내긴 하지만 공격할 생각은 없어 보인다. 우리가 서로의 이름을 부르지 않는 한.

나는 아이들 하나하나를 찬찬히 관찰한다. 언제나 그랬듯이. 아이들의 눈썹, 근육의 미세한 떨림, 손동작을 보며 그 애들이 무슨 생각을 할지 상상한다. 남은 여덟 명 중에 친한 아이들은 은채와 지안뿐이다. 둘은 지나치게 친해서 학기 초에 사귀냐는 소리를 종종 들었다. 이제는 아무도 그런 말을 하지 않는다. 은채와 지안은 세상에 둘밖에 없는 듯 행동하기 때문이다. 누가 말을 걸어도 못 들은 척 무시하거나, 둘이 마주 보고 키득거리거나. 둘이 어떻게 친해졌는지는 모른다. 유치원 때부터 친했다는 말도 있고 엄마 아빠가 친구라 날 때부터 친했다는 말도 있다. 내가 볼 때 둘은 친한 게 아니다. 둘은 서로에게 집착하고 있다. 각자의 부족한 부분을 채워주는 게 아니라, 착 달라붙어 서로의 결핍을 갉아먹는 것이다.

유준, 민호, 세정, 승진, 하경… 다섯 명의 아이들은 모두 다른 도형이다.

세정이 특징 없는 동그라미라면, 하경은 세모다. 뾰족한 세 개의 모서리로 누구든 찌를 준비가 되어 있는. 그에 반해 유준은 네모다. 어디든 자리 잡으면 웬만해선 움직이지 않는 성향이 네모를 닮았다. 그리고 승진은 오각형이다. 세모와 네모 사이에 어설프게 끼어들려 하지만 어디에도 들어맞지 않는다. 그리고 민호는 점이다. 서민호, 어쩌다 발표할 때면 입가가 떨리는 아이, 미소를 지을 때면 어색한 듯 콧잔등에 주름을 잡는 아이, 내게 유일하게 호의를 베푼 아이. 재희가 내 책상 위에 걸레를 던져놓았을 때 민호는 내 발아래 휴대용 물티슈를 떨어뜨리고 지나갔다. 나는 물티슈를 다 쓴 후에도 라이언이 그려진 봉투를 버리지 않았다. 젠장, 민호와 눈이 마주쳤다. 나는 얼른 눈길을 돌린다. 민호가 목을 가다듬는다.

"저어…."

민호의 목소리다. 내게 말을 걸려는 걸까? 내가 너무 빤히 쳐다봤나?

"나, 그러니까… 나 너 좋아해."

나를 좋아한다고? 목구멍에서 튀어나오려는 소리를 간신히 삼키고 민호를 봤다. 그 애의 시선은 세정을 향하고 있었다. 잠시 어리둥절했지만 곧 눈치챘다. 민호는 세정에게 고백한 것이다. 역시, 나를 좋아할 리가 없잖아. 나는 남몰래 숨을 내쉬었다. 세정이 험악한 표정을 지었다.

"뭔 개소리냐?"

"우리 어떻게 될지 모르니까… 그래서 고백하고 싶었어."

"고백?"

"응. 우리 일학년 때도 같은 반이었잖아. 그때 기억나? 학기 첫날, 네가 나한테 연필 빌려줬잖아. 나 그거 잃어버린 거 아냐. 지금도 갖고 있어."

"내가 너한테 연필을 빌려줬다고? 꿈에서?"

세정이 기가 막힌다는 듯 코웃음을 쳤다. 그리고 민호의 앞으로 다가갔다.

"정신 차려. 지금 고백하면 내가 너한테 키스라도 할 줄 알았냐?"

세정의 손가락 끝이 금방이라도 민호의 이마를 찌를 것 같았다. 민호가 시뻘게진 얼굴을 푹 숙였다. 하경은 피식 피식 코웃음을 쳐댔고, 은채와 지안은 둘이서만 속닥거렸다. 유준은 귀에 이어폰을 꽂은 채 책상에 엎드려 있었다. 책상에 걸터앉아 있던 승진은 아이들을 둘러보며 입술에 자꾸만 침을 발랐다.

어두운 교실, 분홍색 괴물, 다시 찾아온 침묵.

"저기… 내가 생각해봤는데…."

승진이 책상에서 내려서며 더듬더듬 입을 열었다. 의외였다. 승진은 절대 먼저 나서는 아이가 아니었다. 아이들이 모여 수다를 떨고 있으면 뒤에서 기회를 노리다가 은근슬쩍 말꼬리를 잡아채 떠드는 아이였다. 쉬는 시간이 끝난 줄도 모르고 신나게 떠들다가 선생에게 혼나는 것도 승진의 몫이었다.

"우리 서로 별명으로 부르는 게 어때?"

승진이 빠르게 말하고 휘유, 한숨을 쉬었다. 한숨이 끝나기도 전에 하경이 날카롭게 받아쳤다.

"뭐 하러?"

"그야… 실수로 이름을 부르면 안 되니까."

"얘기를 안 하면 될 것 같은데. 지금까지처럼."

하경이 냉랭하게 말했다. 나머지 아이들은 멍하니 둘을 쳐다봤다.

"그래? 언제까지 이러고 있을 건데? 나갈 방법을 같이 얘기해봐야 하지 않겠어?"

"멍청하긴. 여기서 나갈 수 있을 것 같아?"

"도윤이랑 수아말고 나간 애들 말이야. 걔들은 저렇게 되지 않았잖아."

"그렇지. 저렇게 되지 않았지. 저 검은 공간을 떠다니고 있을 테니까. 왜, 걔들 이름도 불러서 교실로 소환해줄까?"

하경이 턱 끝으로 복도를 가리키자 승진이 입을 다물었다. 새삼스러운 일도 아니다. 우리 반에서 하경과 입씨름해서 이긴 아이는 없었다. 하경은 아무렇지도 않은 얼굴로 독설을 내뱉는다. 선생 앞에서도 인격 모독이라고 할 만한 말들을 거침없이 한다. 선생이라도, 심지어 교장이라도 그 애에게 싫은 소리를 하지 않았다. 하경의 엄마는 우리 학교 이사장이다. 학교에서는, 뻔한 일들이 뻔하게 일어난다.

별명을 부르자는 얘기는 별 소득 없이 끝나는가 싶었다. 그런데 난데없이 세정이 끼어들었다.

"해보자. 딱히 할 일도 없잖아."

묘하게 자신감 있는 말투였다.

"지금 별명을 지어서 부르자고? 난 외울 자신 없어. 머릿속이 하얗다고."

은채였다. 여태껏 지안과 귓속말만 나눈 탓인지 들릴 듯 말 듯한 목소리로 말했다. "무시해, 무시." 지안이 은채의 턱을 잡고 자기에게 돌렸다. 승진은 세정이 자기 편을 들어줘서 신이 난 듯 가방에서 펜과 라벨지를 꺼냈다. 하경은 물론, 몇몇 아이들의 얼굴이 찌푸려졌다. 나 역시, 승진과 세정이 쓸데없는 짓을 한다는 생각이 들었다. 별명이라니, 우리는 지금 친목 게임을 하는 게 아니다. 너무 무서워서 머리가 어떻게 됐나? 설마 저 분홍색 괴물이 캠프파이어로 보이는 건 아니겠지?

승진은 '엘파바'라고 쓴 라벨지를 왼쪽 가슴에 붙였다.

"난 엘파바라고 불러줘. 초등학교 때부터 쓰던 닉네임이야. 엘파바가 누군지 다들 알겠지만, 혹시 모르니까."

"위키드에 나오는 서쪽 마녀잖아. 초록색 얼굴."

하경이 승진의 말을 잘랐다. 하지만 승진은 자기가 좋아하는 캐릭터를 알아줬다는 게 기쁜지 크게 고개를 끄덕였다.

"난 글린다로 할게. 딱히 별명이 생각이 안 나서."

세정의 왼쪽 가슴에는 'Glinda'라는 라벨이 붙어 있었다. 과연 별명이 생각 안 났을까? 아이들은 모두 별명을 갖고 있다. 자기만 모르는 혹은 모른 척하는 별명.

"그래, 그래. 너희는 엘파바랑 글린다 해라. 나머지는 별로 관심 없는 거 같은데."

하경이 말했다. 틀린 말은 아니었다. 유준은—더는 엎드려 있지 않았지만—여태껏 한마디도 하지 않은 채 이어폰을 꽂고 있었다. 은채와 지안은 여전히 교실에 자기 둘밖에 없는 것처럼 행동했다. 구석에 나란히 쪼그리고 앉아 손을 만지작거리고 어깨를 쓰다듬는 모습이 한 쌍의 일본 원숭이처럼 보였다.

"누구 없어?"

"그럼 나는 오즈 할게."

민호였다. 아마도 세정을 지지한다는 걸 보여주고 싶었나 보다. 승진이 얼른 라벨지에 '오즈'라고 써서 민호에게 주었다. 정작 세정은 별 반응이 없었다.

"뭐야? 난 사자라도 해야 되냐?"

빈정거리는 하경의 말에 승진은 '사자'라고 쓴 라벨지를 건넸다. 하경은 질렸다는 듯 과장되게 눈을 굴리더니 라벨지를 가슴팍 한가운데 턱 붙였다. 승진이 다음 순서를 찾는 듯 교실을 둘러봤다. 복도 쪽 자리 하나를 차지하고 앉은 유준은 이어폰 때문에 아이들의 이야기가 들리지 않는 듯했다.

"우린 빠질게."

지안이 말했다. 은채는 옆에서 고개를 끄덕였다. 그러자 승진이 나를 보며 물었다.

"넌?"

나? 난 별명이 많지. 너희가 지어준 별명. 하지만 지금은 진짜 별명을 말하는 시간이 아니니까.

"난, 수학이라고 불러줘."

"수학? 너 수학 좋아해?"

승진은 실망한 얼굴이었다. 아마 나도 오즈의 마법사에 나오는 캐릭터를 말할 줄 알았겠지.

"아니, 딱히."

아니라고 했지만 나는 수학이 좋다. 수학을 잘하지도 않는다. 그런데도 좋아하는 건, 답이 있기 때문이다. 인생에는 답이 없다. 두 개 이상의 선택지가 주어지면서도 정답 같은 건 없다. 나는 언제나 정답이 무엇인지 고민해야 했고, 내 선택은 매번 오답이었다. 일 년 전 엄마 아빠가 이혼할 때 아빠와 같이 살아야 했는지도 모른다. 그렇다면 이 학교에 전학 오지 않았을 테고, 저런 괴물을 만날 일도 없었을 것이다. 아니, 괴물은 무섭지 않다. 어차피 아이들은 내 이름을 알지 못한다. 무서운 건 비일상적으로 찾아오지 않는다. 언제나 곁에 있다.

"저 괴물 때문에 우리가 더 친해진 것 같아. 그렇지, 글린다?"

승진이 세정의 동의를 구하듯 말했다. 세정이 어깨를 으쓱했다.

"미친년."

하경이었다. 모두의 시선이 하경에게 쏠렸다.

"왜 욕을 하고 그래? 내 말이 틀렸어? 너 한 번만 더 욕하면 이름 불러버린다."

이번에는 모두가 승진을, 승진의 벌어진 입술을 쳐다봤다.

끼이이잉, 괴물이 금속성의 비명을 질렀다. 자신의 존재를 잊으려 하는 우리에게 경고하듯, 괴물은 이따금 내는 소리로 존재감을 드러냈다. 아이들의 어깨가 움츠러들었지만 누구도 괴물을 쳐다보지 않았다. 아이들은 있는 것을 없는 척 무시하는 데는 선수였다.

"이러지 말고, 지금부터 규칙을 정하자."

세정이었다. 세정에게 리더십이 있을 줄은 몰랐다. 아니, 리더십이 아니라 민호에게 고백을 받아서 자신감이 생긴 걸까. 어쨌거나 평소와는 달랐다. 세정은 시시한 로맨스 소설의 여주인공 같은 아이였다. 지각도 하지 않고, 머리도 염색 한 번 하지 않은 듯 새카만 단발에, 아마도 중간 성적일, 우리가 평범하다고 할 때 가장 먼저 떠올릴 수 있는 요소들을 가진 아이. 글린다라는 별명이 전혀 어울리지 않는 아이.

"무슨 규칙?"

하경이 또 딴지를 걸었다. 하경은 평소와 다를 게 없었다. 늘 달아오른 분위기에 얼음을 끼얹는 아이였으니까.

"누군가 일부러 이름을 부르면, 우리 중 누군가가 그 애 이름도 부를 거야. 그러니까 괴물이 되고 싶으면 다른 사람을 괴물로 만들라고."

세정이 단숨에 말했다.

"네가 뭔데?"

하경의 목소리가 더욱 날카로워졌다. 방금 하경의 이름을 부르겠다며 협박한 아이는 승진이었다. 그러니 이런 규칙을 정하자는 세정에게 화를 내야 하는 사람이 있다면, 승진일 것이다. 그러나 승진은 대견하다는 얼굴로 세정을 보고 있었다. 승진은 이미 적과 동지를 정한 것 같았다.

"그럼 더 좋은 방법이 있어? 서로 이름 부르다가 저기 한 무더기로 엉길래? 그게 더 끔찍하지 않아?"

세정이 고개를 돌려 괴물을 보고는 얼굴을 일그러뜨렸다. 하경이 쯧쯧, 혀를 차며 비웃었다. 다음 순간, 하경의 시선이 민호에게로 향했다.

"야, 서민호. 저런 드센 애가 뭐가 좋다고. 너도 참 눈 특이하다."

하경의 말이 끝나기도 전에 교실 앞에서 흔들거리던 괴물의 팔이 민호를 데려갔다. 세정의 눈이 이글거렸다.

"야, 실수야. 실수."

"실수 같은 소리 하네. 일부러 그랬잖아. 소시오패스 새끼."

어두침침한 교실 안에서 하경과 세정, 두 사람에게만 스포트라이트가 비추는 것 같았다. 나머지 아이들은 숨을 죽이고 둘을 주시했다.

"너 민호 좋아하지도 않았잖아? 왜 그렇게 열 내는데?"

"이게 누구를 좋아하고 아니고의 문제야? 이건 신뢰의 문제야."

"그래? 그럼 어떡하게? 내 이름 부르게?"

"못 부를 것도 없지."

"나도 네 이름 부를 텐데?"

총잡이의 결투에서는 무조건 빨리 총을 뽑는 사람이 이긴다. 하지만 이건 결투가 아니다. 세정이 하경의 이름을 부른다면, 하경은 괴물의 팔이 다가오는 0.1초 만에도 세정의 이름을 부를 수 있다. 민호처럼 얼떨결에 당하지는 않을 테니까. 말을 고르는 듯 세정의 목울대가 위아래로 움직였다.

"넌 일부러 사람을 죽였어."

세정이 낮게 가라앉은 목소리로 말했다.

"정확히 말하면 죽인 건 아니지. 저기 괴물을 가르면 아이들이 살아 나올지도 모르잖아? 칼이라도 빌려줄까?"

하경이 필통에서 커터를 꺼냈다. 따다닥, 칼날 빼는 소리가 들렸다.

"왜? 그건 못하겠어? 홍세⋯."

"정하경."

세정이 빨랐다. 하경은 끝내 세정의 이름을 부르지 못했다. 보자기처럼 늘어난 괴물의 손이 하경의 얼굴과 머리를 감쌌고, 끈적한 점막 뒤에서 하경의 턱이 뭉그러졌다. 으흐흐, 세정은 웃는 건지 우는 건지 구분할 수 없는 소리를 내며 바닥에 주저앉았다. 승진이 그런 세정의 어깨를 두드려주었다.

이제 남은 아이들은 여섯 명이다. 세정, 승진, 유준, 은채, 지안, 그리고 나. 우리는 열 개의 인디언 인형처럼 하나씩, 하나씩 저 괴물에게 먹히고 있다.

◇

"우리 다섯, 아니 여섯은 여기서 꼭 나가자."

승진이 말실수해서 미안하다는 얼굴로 나를 봤다. 체육 시간에, 음악 시간에, 아이들은 일부러 나를 세지 않곤 했다. 평소 같으면 내게로 향하는 시선을 피했겠지만 나는 승진을 빤히 쳐다봤다. 그리고 괴물에게 눈길을 줬다가 다시 승진을 보았다. 승진의 얼굴에 두려움이 깃들었다. 나는 언제라도 승진의 이름을 부를 수 있으니까.

"미, 미안해. 난 그냥, 우리 다 같이 나가자는 의미였어."

승진이 사과했다. 이런 상황이 아니었다면 사과 따윈 없었을 것이다. 사과는커녕 다른 아이들까지 파리 떼처럼 윙윙거리며 달라붙었겠지.

"나갈 방법이 있을까?"

유준이 이어폰을 빼고 물었다. 타이밍으로 볼 때 음악을 듣지 않으면서 그냥 끼고 있었는지도 모른다.

"보면 모르겠냐? 없어."

지안이 닐카롭게 말했다. 은채가 진정하라며 지안의 머리를 쓰다듬었다. "그러지 마, 지안아." 은채는 자기가 엄마라도 되는 듯 지안을 달랬다.

"그래, 없겠지. 지구의 종말이 온 거야."

유준이 다시 이어폰을 끼며 중얼거렸다. 지안이 어이없다는 얼굴로 유준을 노려봤다.

"뭐? 그게 무슨 소리야?"

세정이 물었다. 유준은 이어폰을 낀 채 대답했다.

"엄마가 아는 점쟁이가 그랬대. 세상이 끝날 날이 얼마남지 않았다고. 괴물이 찾아온다고, 세상이 암흑에 싸일거라고 했대. 부적도 굿도 소용없다고… 그때는 나도 안믿었는데…."

유준이 말을 끝맺지 못하고 울기 시작했다. 지구의 종말이라니, 너무 거창했지만 말을 지어냈나 싶을 정도로 지금 상황에 꼭 들어맞았다.

"야, 너 엄마 보고 싶어서 우냐? 별명을 마마보이라고 하면 되겠네. 엘파바, 라벨지 남았지?"

"당근이지. 나 쟤네 엄마 얘기 들은 적 있어. 쟤 우리 아파트 살거든. 점쟁이가 시키면 죽는시늉도 한다더라. 얼마 전에는 아파트 화단에 돼지머리 묻다가 들켜서 개망신당했잖아. 야, 마마보이, 너 팬티에 부적도 붙어 있다며?"

승진이 의기양양하게 말했다. 유준이 시뻘건 눈으로 둘을 노려봤다. 주먹 쥔 두 손이 책상 위에서 부들부들 떨렸다. 그러거나 말거나 세정과 승진은 낄낄대며 웃었다. 마치 하경의 배턴을 넘겨받은 것 같았다. 지옥에서는 누구나 악마가 될 수 있다. 여기는 지옥이다.

훌쩍거리던 유준이 돌연 야릇한 표정을 지었다. 한참 웃던 승진이 팔꿈치로 세정을 툭 쳤다. 그러고는 일어나 유준에게 다가갔다.

"자, 잠깐. 이상한 생각은 하지 말자."

"우리 힘을 합쳐서 저 괴물을 밖으로 내보내면 어떨까? 우리가 이름만 안 부르면 공격 안 하잖아?"

세정도 승진의 뒤를 따라가며 말했다. 애써 태연한 척했지만 텀블러를 든 손이 가늘게 떨리고 있었다. 세정은 텀블러를 왼손으로 옮겨 쥐더니, 오른손으로 하경의 책상 위에 있던 커터를 집어 등 뒤에 감췄다.

"그래, 괴물이 들어오고 어두워진 거니까."

승진이 얼른 맞장구를 쳤다.

"어두워지고 들어왔거든."

유준이 말했다.

"뭐?"

"글린다, 넌 아까 죽었어야 했어."

유준이 금방이라도 이름을 부를 듯 세정을 노려봤다. 세정이 유준의 얼굴에 텀블러를 던졌다. 그리고 유준에게 달려들어 커터로 목을 그었다. 새빨간 피가 세정의 얼굴에, 교복 위에 뿌려졌다. 바닥으로 무너져 내린 유준은 붕어처럼 입을 뻥긋거렸지만 목소리가 나오지 않았다. 반들반들한 대리석 바닥에 피가 번져 나갔다. 세정의 눈빛은 광기로 번들거렸다. 죄책감은 없어 보였다. 살아남았다는 안도감일까. 양 볼에 희미한 광채까지 돌았다. 승진은 피가 튄 팔을 보며 비명을 질러대다 입을 다물었다. 온통 붉게 물든 세정이 승진의 어깨를 쥐고 흔들었다.

"너, 너도 봤잖아. 쟤가 먼저 내 이름 부르려고 한 거. 응? 그렇지?"

세정은 변명했고, 승진은 나쁜 냄새를 맡은 사람처럼 얼굴을 일그러뜨리며 고개를 돌렸다.

'세정의 규칙'에 따르면 누군가 세정의 이름을 불러야

했다. 그러나 남은 아이 중 누구도 세정의 이름을 부르지 않았다. 그 애들은 입술이 보이지 않을 정도로 입을 꼭 다물었다. 내가 불러야 하나. 아주 잠시 고민했지만 그러지 않기로 했다. 세정은 유준의 이름을 부르지 않았다. 죽였다. 그러므로 엄밀히 따지면 세정의 규칙을 적용할 수 없었다. 세정이 그것까지 계산하고 유준을 죽인 건 아니겠지만.

"얘들아, 고마워. 우리 같이 나갈 방법이 있을…."

미처 말을 끝내기도 전에 괴물의 팔이 날아들어 세정을 낚아채 갔다. 세정의 비명이 유난히 커서 나는 귀를 막아야 했다. 가운뎃손가락을 귓구멍에 쑤셔 넣은 채 세정과 민호가 하나로 엉겨 붙는 걸 보았다. 저 애들에게 감정이 남아 있을까? 남아 있다면 민호는 저렇게라도 세정과 연결되어 기쁠까?

"뭐야?"

"어떻게 된 거야?"

"누가 세정이 이름 불렀어?"

죽은 유준과 나를 제외하고, 남은 아이들이 한마디씩 했다.

"저거 때문인가 봐."

승진의 검지가 내가 보고 있는 곳을 가리켰다. 대리석 바닥에 새빨간 글씨로 '세정'이라고 적혀 있었다. 유준이 남긴 다잉 메시지. 유준은 세정의 이름을 부르지 않고 단지 적는 것만으로도 저 괴물에게 바쳐진다는 사실을 알았을까.

팥빙수에 꽂힌 과자처럼 삐죽삐죽 솟아오른 팔다리, 분홍색 막 아래서 데굴거리는 눈알들. 괴물에게 흡수된 아이들은 더 이상 아무렇게나 꿰매 붙인 인형처럼 보이지 않았다. 커다란 블렌더에 넣고 대충 갈아서 쏟아 부어놓은 모양에 더 가까웠다.

괴물이 된 아이, 밖으로 나간 아이, 그리고 '죽은' 아이….

이제 네 명이 남았다.

우리는 인디언 인형이 아니었다. 무인도에 갇힌 타락한 아이들이었다. 바알제붑.

◇

"허유준."

벌써 몇 번째인지 모른다. 승진은 유준의 이름을 부르고 있다. 그러나 괴물은 유준을 삼키지 않는다.

"허유준."

"닥쳐라."

지안이 버럭 화를 냈다. 나도 저러는 승진을 이해할 수 없다. 괴물의 존재는 모른 척하면서, 시체에 유독 알레르기 반응을 보이는 건 왜일까? 자기도 세정과 함께 유준을 놀렸기 때문에?

"왜 안 데려가지?"

"병신아, 죽은 애는 안 데려간다고."

지안이 승진에게 지우개를 던졌다. 은채는 겁에 질린 채 몸을 잔뜩 웅크리고 있었다.

"그러니까 왜 안 데려가냐고! 미쳐버릴 것 같단 말이야!"

넌 이미 미쳤는걸. 광기에 휩싸인 인간만이 자신의 광기를 외면한다. 승진은 바리케이드를 무너뜨리며 괴물을 마주 봤다. 무게중심은 뒤로 디딘 오른 다리에 실려 있었다.

"허유준! 안 들려? 빨리 데려가라고!"

승진이 괴물에게 악을 썼다. 그래도 괴물은 자신의 리듬을 잃지 않는다. 천천히 뭉그적거릴 뿐이다.

"저거 이름 불러버릴까?"

지안이 은채에게 조용히 말했다.

"그러지 마."

은채의 목소리가 떨렸다.

"진정해, 엘파바. 그런다고 달라질 건 없어."

나는 승진의 뒤통수에 대고 외쳤다. 이런 상황이 아니었다면 졸업할 때까지 내가 누구에게 먼저 말을 거는 일은,

심지어 목소리를 높여 말하는 일은 결코 없었을 것이다.

"진정? 너나 진정하시지. 하긴 넌 죽은 거나 살아 있는 거나 마찬가지니까."

나는 승진의 말에 반박하지 않았다. 않았다기보다 못했다는 편이 더 정확하다. 나는 누구와 논쟁하는 일에 익숙하지 않으니까.

"야, 마녀. 내가 좀 시험해보고 싶은 게 있는데."

교실 구석에 앉아 있던 지안이 엉덩이를 털며 일어섰다. 승진의 얼굴에서 광기가 빠져나가고 그 자리에 공포가 채워졌다.

"뭐, 뭔데?"

"우리 아빠가 이번에 임원으로 승진했거든."

꺄악, 승진이 '승진'이라는 단어를 덮으려는 듯 소리를 질러댔다. 그러나 괴물의 손이 날아오는 일은 없었다. 괴물은 이름이 이름으로 불릴 때만 반응한다.

"쟤, 얼굴, 봤어? 존나 쫄아가지고."

지안이 거칠게 웃어댔다.

"씨발. 저년이 진짜."

승진이 의자를 집어 들었다. 지안의 입술 사이로 스으하는 마찰음이 나오는 순간, 의자가 창으로 날아갔다. 요란한 소리를 내며 창이 깨졌고, 유리 파편이 내 자리까지 날아왔다. 종아리가 따끔했다. 박힌 유리를 뽑으려 허리를

숙이는데,

"난 절대 괴물이 되지 않을 거야."

승진이 창틀에 올라서더니 밖으로 뛰어내렸다. 그리고 완전한 어둠 속으로 사라졌다. 순식간에 일어난 일이었다. 말릴 생각도 없었지만 말리려고 했어도 너무 늦었을 것이다.

이제 세 명이 남았다.

지안은 창틀에 떨어진 승진의 실내화를 보더니 어쩐지 후련한 얼굴로 내게 물었다.

"야, 수학. 먹을 거 있냐?"

"아니."

나는 고개를 저었다. 지안과 은채가 아이들의 가방을 뒤졌다. 누군가의 가방에서 초코바가 나왔고, 둘은 반씩 나눠 먹었다. 지금 상황이 어떤 작가가 쓰는 소설이라면 저 애들이 주인공이겠지? 그럼 끝까지 살아남는 아이들은 저 둘일까? 나는, 나는 다음 차례일까? 둘 중 하나가 내 이름을 부를까? 아니, 저 애들이 동시에 내 이름을 부를지도 몰라.

"이제 우리 둘뿐이야."

지안이 초코바를 우물거리며 말했다. 은채가 나를 흘끔 보았다. 아, 나는 또다시 착각했다는 걸 깨닫는다. 저 애들은 내 이름을 부르지 않을 것이다. 애당초 저 애들에게 나는 보이지만 존재하지 않는다.

"이거 먹으니까 더 배고파."

은채가 작은 소리로 말했다. 어쩌면 목소리가 원래 작은지도 모르겠다.

"그만 징징거려."

지안이 짜증을 냈다. 깊은 잠에서 깨어난 악마는 우리의 신경부터 긁는다. 손톱 끝으로 살살.

"살아 나갈 방법이 있을까?"

"당연하지."

"이떻게?"

"생각해보자."

"무슨 생각? 둘 중 하나야. 괴물에게 먹히거나, 밖으로 나가거나."

"하나 더 있어."

"응?"

"죽임을 당하는 거."

지안이 유준을 흘끗 보며 말했다. 은채가 믿을 수 없다는 듯 고개를 저었다.

"넌 그걸 농담이라고 하냐? 난 항상 네 농담이 싫었어. 잔인하고 폭력적이야."

"그래? 지금 고해성사하는 거야?"

은채가 벌떡 일어났다. 지안이 질 수 없다는 듯 따라 일어나더니 은채를 끌어안았다.

"미안, 미안. 나도 무서워서 그랬어. 우리 버틸 때까지 버텨보자."

"너도… 무서워? 그럼 그냥 끝내도 나쁘지 않은 것 같아. 승진이처럼."

"말도 안 돼. 약한 소리 하지 마. 우리 영원히 함께하기로 했잖아."

"거짓말."

"뭐?"

"넌 외고에 갈 거잖아. 난 외고 갈 성적도 형편도 안 되는데."

은채의 오른쪽 눈에서 커다란 눈물방울이 떨어져 내렸다. 우는 모습이 예뻐서 연극을 보고 있다는 생각마저 든다. 아니, 저 괴물이 들어오고 나서 이 교실은 연극무대가 되었다. 현실감은 사라진 지 오래다.

"고등학교가 다르다고 우리가 함께하지 못할 거라는 말이야? 아무래도 지금처럼 오랜 시간을 같이 보내진 못하겠지. 그래도 틈틈이 만날 수 있어."

"아니, 우리 언니도 친구랑 그렇게 멀어졌어."

지안은 더 이상 대꾸하지 않았다.

조용한 교실에 괴물이 내는 그르륵 소리만 가끔 울린다.

괴물이 내뿜는 숨으로 인해 교실 공기는 습하고 비릿하다. 나는 교복 상의를 벗는다.

배가 고프다. 남아 있는 셋이 서로의 이름을 부르지 않는다면 이 잔혹한 게임은 영영 끝나지 않는 걸까? 언제까지 버틸 수 있을까? 괴물이 된 아이들은 죽은 걸까, 아직 살아 있는 걸까?

나는 내 이름을 쓰고 싶은 충동을 억누른다. 아직은 안 된다. 저 둘을 지켜봐야 한다. 나는 지켜보는 자다.

얼마간의 시간이 지나고 은채가 입을 열었다.

"나 마음 바뀌었어."

"응?"

"밖으로 나가는 것보다 더 좋은 방법이 있다고."

"뭔데?"

"우리 서로의 이름을 동시에 부르면 어때?"

"뭐?"

"서로의 이름을 동시에 부르자고. 그럼 저 속에서 영원히 함께할 거잖아."

"무슨 개 같은 소리를 하고 있어?"

"개 같은 소리라니 왜 그렇게 말해? 나랑 함께 있을 자신 없어? 그럼 네 이름부터 불러줄까? 난 내 이름 부를 수 있거든."

"이은채, 제발 좀 닥쳐!"

지안이 이름을 부른 순간 은채가 비명을 질렀고, 괴물이 은채를 데려갔다. 끄르르르, 꿀쩍꿀쩍. 소리와 냄새. 보지 않아도 느낄 수 있는 것들.

"난 멍청한 건 딱 질색이야."

지안이 변명처럼 말했다. 신경을 갉아먹은 악마는 우리의 심장을 삼키고 뇌를 차지한다. 저 분홍색 괴물과 달리 우리를 안에서부터 먹어 치운다. 문득 나는 지안의 이름을 부르고 싶어졌다.

"뭘 봐?"

"너, 이름 불러볼까?"

내가 말했다.

"그래? 내가 먼저 부르면 되지. 근데 너 이름이… 이름이, 뭐지?"

아이들은 내 이름을 알지 못한다. 지안의 눈동자가 내 왼쪽 가슴 위에서 흔들린다. 셔츠에는 명찰이 달려 있지 않다.

"안지안."

"그, 그건 내 이름이잖아!"

얼굴이 하얗게 질린 지안이 괴물에게 끌려갔다.

스물네 개의 팔, 스물네 개의 다리. 머리는 혹처럼 몸통 여기저기에 붙어 있다. 괴물이 된 아이들의 눈이 모두 내게 쏠렸다. 스물네 개의 눈.

네 이름은 뭐야?

괴물에게 달린 수많은 얼굴이, 뭉개진 입술들이 물었다.

"내, 내 이름은⋯."

그 순간, 어둠이 빛에 노출되었다. 세상이 하얗게, 하얗게 물들었다. 괴물이 울부짖는다. 나는 눈을 감고, 귀를 막았다.

다시 밝아진 교실에는 괴물의 발자국, 끈끈해 보이는 분홍색 점액질만 남아 있다.

나는 또 혼자다.

언제나, 혼자였다.

목소리

정현은 오전 8시 36분에 목소리를 들었다. 판교역에 내려 지하철 계단을 오를 때였다. 커다란 목소리가 머릿속에서 천둥처럼 울렸다. 고막을 진동시켜 느껴지는 소리가 아니라 고막을 찢고 안에서 밖으로 쏟아져 나오는 듯한 소리였다. 그 강렬한 감각에 균형을 잃고 넘어질 뻔했다. 정현은 계단 손잡이를 움켜쥔 채 숨을 고르고, 귓구멍에 손을 넣어보았다. 피가 묻어 나올 줄 알았던 손가락 끝은 말끔했다.

비틀거리며 역에서 나와 가장 먼저 눈에 띈 벤치에 주저앉았다. 목구멍에서 시큼한 침이 올라왔다. 토하고 싶은 기분이었다. 목소리는 말했다.

살고 싶으면 열두 시간 안에 사람을 죽여라.

영문을 알 수 없었다. 하지만 한 가지는 확실했다. 목소리가 진실을 말하고 있다는 것. 김 대리가, 최 과장이 말한 목소리가 정현에게도 찾아온 것이다. 그것의 정체가 무엇이든, 목소리는 전염된다.

◇

이틀 전이었다. 김 대리가 목소리를 들었다며 하얗게 질린 얼굴로 회사를 나갔다. 그리고 퇴근 시간까지 돌아오지 않았다. 무슨 목소리인지는 아무도 듣지 못했다. 사람들은 남들보다 예민하게 굴던 김 대리의 신경이 드디어 지탱하기를 포기한 거라고 생각했다. 다음 날 김 대리는 결근했다. 그의 아내로부터 그가 죽었다는 연락이 왔다. 인사총무팀의 정현이 그 전화를 받았다. 김 대리의 아내는 그의 죽음이 실감 나지 않는다는 듯 묻지도 않은 사인을 자세히, 건조하게 설명했다. 어젯밤에 복숭아를 먹다 옆으로 쓰러졌어요. 숨을 쉬지 못하고 얼굴이 벌게져서는 몸을 버둥거리며 컥컥댔죠. 복숭아씨가 목에 걸린 줄 알고 하임리히법을 실행했는데 소용없었어요. 나중에 알게 됐지만 복숭아씨는 복숭아에 그대로 박혀 있었죠. 남편에게 복숭아 알레르기가 있었던 것도 아니고요. 부검을 해봐야 할지 모르겠어요. 감정이 느껴지지 않는 단조로운 억양이 역설적으로 상실감을 드러내고 있었다. 일이 손에 잡히지 않아 멍하니 모니터만 들여다보고 있는데, 입사 동기인 최 과장이 정현의 자리로 왔다.

"담배 한 대 피우러 가자."

"나 담배 끊었잖아."

정현은 매니큐어가 벗겨진 손톱을 내려다보며 말했다.

"알지."

"근데?"

최 과장은 정현의 말에 대답하지 않았다. 대신 옆에 버티고 서서 다리를 달달 떨었다. 심상치 않은 일이 일어나고 있다는 예감에 자리에서 일어났다. 엘리베이터 안에서도 최 과장은 입을 열지 않았다. 눈을 가늘게 뜨고 엘리베이터 상단의 숫자가 바뀌는 것만 쳐다봤다. 옥상에 나온 그는 기지개를 켜더니 담배를 꺼내 물었다.

"나도 목소리를 들었어."

"뭐?"

"어제 김 대리가 말했던 목소리 같아."

"그게 무슨 소리야? 알아듣게 말해봐."

"그건 남자의 목소리도 여자의 목소리도 아니었어. 인간의 목소리 같지도 않았는데, 그렇다고 기계음도 아니었지."

"그 목소리가 뭐라고 했는데?"

"살고 싶으면 열두 시간 안에 사람을 죽여라."

"그게 무슨… 그냥 환청 같은 거 아니야?"

"그럴 가능성도 없진 않겠지. 그렇지만 생각해봐. 어제 김 대리가 목소리를 들었다고 했잖아? 오늘 결근했지?"

"조금 전에 김 대리 아내에게 연락받았어. 나도 한 대 주라."

최 과장이 쥐고 있는 담뱃갑을 향해 내미는 손이 대책 없이 떨렸다.

"죽었다지?"

"응."

"김 대리도 나랑 같은 목소리를 들은 거야. 사람을 죽이지 못해서 죽었겠지."

최 과장이 담배 한 개비에 불을 붙인 후 건네주었다. 한 모금 빨아들이자 현기증이 났다. 윤서를 임신하고 끊었으니 근 이십 개월 만이었다.

"넌 어쩔 거야?"

"뭘?"

"사람을 죽일 거냐고."

"그걸 말이라고 해? 어떻게 그런 말이 쉽게 나와?"

최 과장이 화를 냈다. 어딘가 연출된 감정 같았다. 그는 이미 누군가를 타깃으로 삼았는지도 모른다. 예를 들어 옥상 난간에 지나치게 가까이 서 있는 사람이라든가. 정현은 누가 살짝만 밀어도 17층 아래로 추락할 만한 위치에 있었다. 정현이 슬금슬금 뒤로 물러났다. 그걸 본 최 과장의 입꼬리가 말려 올라갔고, 언제나 그랬듯 흉터처럼 깊은 보조개가 생겼다.

"왜? 내가 널 죽일까 봐? 걱정하지 마. 난 누굴 죽일 생각 없어. 특히나 너라면."

최 과장이 정현에게 가볍게 입을 맞췄다. 그것이 두 사람의 마지막 키스였다.

정현은 간신히 정신을 가다듬었다. 최 과장에게 전화를 걸었지만 받지 않았다. 몇 번을 걸어도 신호만 갈 뿐이었다. 최 과장이 죽다니, 언젠가 윤서가 결혼하고 나면 남편과 이혼하고 그와 함께 지낼 수도 있을 거라 생각했다. 물론 입 밖으로 꺼낸 적은 없었다. 관계가 끝나면 최 과장은 언제나 욕조에 몸을 담갔다. 정현은 욕조에서 차갑게 식어가는 그를 상상하며 조금 울었다.

목소리를 들은 지금 회사에 가는 건 의미가 없다. 주변을 둘러봤다. 혼란스러워하는 사람들이 많았다. 우는 사람, 통화하는 사람, 욕하는 사람. 역 주변은 순식간에 아수

라장이 되었다. 저들도 목소리를 들었을 것이다. 목소리는 전염된다. 초창기에는 드문드문 발생하다 어느 순간 잇따라 감염되는 바이러스처럼. 사람들이 지하철역으로 들어갔다. 정현도 집에 가야겠다는 생각밖에 없었다. 하지만 이런 상황에 지하철을 타도 괜찮을까? 김 대리도, 최 과장도 다른 사람을 죽이지 못했지만 누군가는 타인을 죽이고 살아남으려 할 것이다. 남편에게 데리러 오라고 할까? 아니, 남편도 목소리를 들었을지 모른다. 남편은 이런 상황에서 가장 믿지 못할 사람이다. 그때 정현의 시선이 따릉이에 머물렀다. 그는 다른 사람이 채 가기 전에 재빨리 자전거를 차지했다. 뒤에서 누군가 욕을 했지만 돌아보지 않았다.

지도를 보며 최대한 사람이 없는 곳을 골라 달렸다. 편의점 앞을 지날 때였다. 비명이 들려서 보니 노인이 쓰러져 있었다. 그 앞에는 피 묻은 칼을 든 남자가 있었다. 노인의 흰 와이셔츠에 붉은 얼룩이 번져갔다. 남자는 칼을 버리고 도망쳤다. 노인의 생사는 알 수 없었다. 119에 신고라도 해야 하나, 잠시 고민하는데 편의점 주인이 핸드폰을 들고 나왔다. 정현은 노인이 살아남기를 바랐다. 그래야 살아남겠다고 자신보다 약한 노인을 찌른 남자가 죽을 테니까. 하지만 구급대원이, 의료진이 목소리를 듣는다면 어떻게 될까? 과연 저 노인은 생명을 건질 수 있을까?

이런 상황에서도 약육강식의 법칙은 통용된다. 아니, 이런 상황이기 때문에 약육강식이 기승을 부리는 것이다. 굳이 따지자면 정현은 먹이 피라미드의 최하위층에 있었다.

그때 건너편 도로를 달리던 차가 인도로 뛰어들어 사람을 치었다. 쿵, 하는 둔중한 소리가 났고, 공중으로 떠올랐던 남자가 바닥으로 떨어졌다. 범퍼가 찌그러진 차는 쓰러진 남자를 후진으로 한 번 더 치고 맹렬한 속도로 달려 나갔다. 정현은 저도 모르게 핸들을 꺾으며 자전거를 멈췄다. 호흡곤란이 올 것 같았지만 미적거릴 틈이 없었다. 정현은 도로변에서 최대한 떨어져 달렸다. 갑자기 달려드는 차가 없는지 경계하며 집에 무사히 도착하는 것만을 목표로 삼았다. 칼에 찔린 노인처럼, 차에 치인 남자처럼, 누구나 살해당할 수 있다. 정현도 예외는 아니다.

◇

지하철을 탔다면 삼십 분 남짓 걸릴 거리를 두 시간이나 걸려 도착했다. 이제 아홉 시간 반 남았다. 빌라 앞에 자전거를 내팽개치고 5층 계단을 단숨에 올라갔다. TV 소리가 문밖까지 새어 나오고 있었다. 현관 비밀번호를 누르고 문을 열었다. 엄마가 멍한 얼굴로 거실 바닥에 앉아 있었다. 정현은 엄마도 목소리를 들었음을 직감했다.

"윤서는?"

"자."

엄마는 리모컨을 들어 볼륨을 줄였다. 정현은 작은방으로 가서 잠든 윤서의 얼굴을 본 뒤 거실로 나왔다. 뉴스에서 목소리에 대해 보도하고 있었다. 많은 사람이 목소리를 들었고 죽어간다는 내용이었다. 종교단체장이 나와 지구의 멸망이 다가왔다고 했다. 요즘 한창 잘나가는 심리학자는 인간은 생각만으로도 죽을 수 있다며 전원이 꺼져 있었음에도 냉동고에 갇혀 얼어 죽은 사람을 예로 들었다.

"너는? 너도 들었어?"

엄마가 가라앉은 목소리로 물었다.

"응."

"언제?"

"두 시간쯤 전에."

"그래, 그랬구나."

"엄마는?"

"나도 들었어."

"언제?"

"너랑 비슷해."

"연락하지."

"잘못 들은 줄 알았어. 환청 같은 거."

환청이라면 얼마나 좋을까. 엄마가 정현의 손등 위에 자기 손을 포갰다. 뻣뻣한 가죽 같은 손의 감촉에 안도했다.

"김 서방은?"

"몰라. 연락 안 했어."

목소리를 듣게 된다면 남편은 사람을 죽일 것이다. 남편은 생존 욕구가 강했다. 몇 해 전 엄마가 연명 치료 거부 신청서를 작성했다고 했을 때, 남편에게 우리도 신청하자고 했었다. 남편은 단호히 고개를 저으며 말했다. 난 싫어. 과연 남편은 누구를 죽일까.

"정말 죽는 거겠지?"

엄마가 물었다.

"우리 회사 사람도… 죽었어."

"그래, 그러니 저 난리지."

뉴스 속보 화면 아래로는 「원인 미상의 사망자 급증, 정체불명의 목소리와 관련성 파악 중」이라는 자막이 흘러갔다. 앵커는 목소리를 들은 사람은 제보 바란다는 말을 반복했다. 정현은 TV를 껐다.

"왜."

"저거 본다고 답이 나와?"

엄마와 정현은 망연자실하게 서로를 바라봤다. 정현은 사람을 죽일 자신이 없었다. 원하고 말고의 문제가 아니다. 실질적인 문제다. 구내식당 식판도 들기 버거운 체력으로는 어림없다. 그렇다고 이대로 죽어갈 수는 없다.

윤서, 내달이면 돌이 되는 딸을 홀로 남겨두고 죽을 수는 없다.

"정현아."

엄마가 그의 이름을 불렀다. 정현은 대답 대신 엄마의 눈을 쳐다봤다.

"날 죽여."

"뭐?"

"날 죽이고, 넌 살아."

"엄마!"

"그게 맞아. 가만있으면 둘 다 죽잖아."

무슨 말이라도 해야 하는데 정현의 입술은 달라붙은 듯 움직이지 않았다. 그의 자아가 둘로 분열되었다. 이 상황을 현실이 아니라며 애써 부정하려는 자아와—인정하고 싶지 않지만—안도하는 자아가 있었다.

"괜찮아."

엄마가 정현의 속을 꿰뚫어 본 듯 말했다.

"괜찮지 않아."

정현이 고개를 저었다.

"그럼? 어쩌게?"

"나도 다른 사람 죽일 거야."

"뭐 하러 그래? 그렇게 해도 엄마는 죽어."

"엄마도 나가자. 응?"

"억지 부리지 마."

엄마가 정현을 끌어당겨 안았다. 엄마는 아빠보다 몸집이 커서 품에 안길 때면 언제나 든든했다. 엄마의 품에서 시큼한 땀내가 났다. 정현이 좋아하는 냄새였다. 어릴 때 냄새가 난다고 하면 엄마는 깜짝 놀라며 샤워하러 들어가곤 했다. 씻고 나온 엄마에게선 비누 냄새가 났다. 그건 그것대로 좋았다.

이대로 엄마를 죽이는 일에 합의할 수는 없다. 그랬다간 평생을 자책하며 살아야 할 것이다. 아니, 자책감 정도로 끝나지 않을 것이다. 엄마를 죽이고 나면 자신은 망가져버릴지도 모른다. 이건 윤리와는 관계없는 문제였다. 애당초 정현은 도덕적인 인간이 아니었다.

엄마가 아닌, 자신이 죽일 수 있는 사람. 그는 앞집 할머니를 떠올렸다. 앞집 할머니는 엄마와 친했다. 넓은 집에 혼자 있으려니 적적하다며 곧잘 엄마를 초대했다. 주말이면 엄마는 윤서를 데리고 종종 앞집에 가서 자곤 했다. 김 서방이랑 둘만 있는 시간도 필요하지. 엄마는 그렇게 말하며 눈을 찡끗했지만 남편과 둘이 있어봐야 별다른 일은 일어나지 않았다.

앞집 할머니는 엄마와 달리 체구도 작고 뼈도 가늘다. 분명 정현의 힘으로도 제압할 수 있을 것이다.

"엄마, 나 앞집 좀 보고 올게."

"앞집은 왜?"

"할머니 괜찮으신가 해서."

"지금 남 신경 쓸 때야?"

엄마가 버럭 화를 냈다. 틀린 말은 아닌데, 화가 지나쳤다. 평상시 엄마라면 오히려 할머니가 어떤지 먼저 살폈을 텐데… 평상시 엄마라면….

"엄마 혹시…."

엄마는 정현의 눈을 피하며 주방으로 갔다. 그는 집요하게 엄마를 쫓아갔다. 엄마는 모른 척 쌀통에서 쌀을 꺼내 바락바락 씻었다. 대화하지 않겠다는 뜻이다. 그렇다면 직접 확인해야 했다. 정현은 거실을 지나 현관문을 열었다. 예상대로 엄마가 한달음에 달려왔다.

"어디가?"

"앞집에 간다니까."

"가지 마. 할머니 죽었어."

엄마는 정현의 팔목을 아플 정도로 꽉 잡았다. *가지 마.* 엄마가 한 번 더 말했고, 정현은 순순히 들어와 소파에 앉았다.

"엄마가… 죽였어?"

"그럴 생각이었어. 살고 싶었거든."

"근데?"

"이미 죽어 있었어."

엄마가 힘없이 말했다. 엄마는 옆집 할머니를 죽이려 했다. 그렇게 살고 싶은 사람이, 딸을 살리겠다고 자기를 죽이란다. 물론 엄마의 이성과 감성은 딸을 살리고 싶을 것이다. 그러나 본능은 어떻게 반응할지 알 수 없다. 생존 본능은 누구에게나 있다. 일본 에도 시대의 자살 다리 이야기처럼 말이다. 그 다리에서는 유독 떨어져 죽는 사람이 많았다. 자살자가 점점 많아지자 관청에서 감시할 사람을 보냈다. 감시자는 숨어 있다가 사람이 물에 빠지면 통나무를 던졌다. 물에 빠진 사람들은 백이면 백 모두 그 통나무를 잡았다. 단 한 명의 예외도 없었다. 아무리 독한 각오로 물에 뛰어들었더라도 죽음이 닥치는 순간에는 생존 본능이 일어나는 게 인간이란 동물이다.

"그럼 엄마가 살아."

정현이 100퍼센트 진심은 아니지만 그렇다고 거짓도 아닌 말을 했다. 차라리 엄마가 살고 자신이 죽는 쪽이 편할 것 같았다. 최 과장이 죽었으니 살아갈 의미가 없다, 따위의 로맨틱한 이유는 아니었다. 다만 엄마를 죽이고 살아남을 정도로 값어치 있는 삶이라는 생각은 들지 않았다.

"윤서는?"

"윤서는 엄마가 더 잘 봐주잖아."

"말도 안 되는 소리 하지 마. 지 애미가 최고야."

자기 이름을 알아듣기라도 한 듯 작은방에서 윤서의 울

음소리가 들렸다.

"가서 윤서나 달래줘. 금방 이유식 데워 갈 테니까."

정현은 떠밀리듯 작은방으로 들어갔다. 윤서는 그를 보더니 자지러지게 울었다. 안고 얼러도 소용없었다. 지나치다 싶을 정도로 순하던 애가 오늘따라 숨도 안 쉬고 울어댔다. 얼굴이 빨개지다 못해 보라색이 되었다.

"이리 내."

엄마가 이유식을 내려놓고 윤서를 받아안았다. 윤서의 울음이 서서히 잦아들었다. 정현이 그랬던 것처럼, 윤서도 엄마의 넉넉한 품이 편할 것이다. 엄마는 윤서와 가장 많은 시간을 보내는 사람이다. 말귀를 알아듣고, 간단한 단어를 말할 수 있게 된 지금, 윤서가 '엄마'보다 더 많이 말하는 단어는 '하무'다.

"이것 봐. 윤서가 엄마를 더 좋아해."

"입 다물어."

엄마는 단호하게 말했다. 이유식을 천천히 먹이고, 다시 잠든 윤서를 아기 침대에 눕히고 방에서 나갔다. 윤서는 그새 꿈을 꾸는지 작은 입술을 오물거렸다. 정현은 손을 뻗어 윤서의 작은 손가락을 만지려다 이내 움츠렸다. 공연히 건드려 잠을 깨우고 싶지 않았다.

"우리도 밥 먹자."

엄마가 주방으로 가서 돌솥에 밥을 안쳤다. 엄마는 전기

밥솥을 쓰지 않고 꼭 돌솥 밥을 만들어준다. 저녁을 먹지 않고 퇴근하는 날이면 엄마는 밥을 차리고 정현은 샤워했다. 그리고 머리를 덜 말린 채 늦은 저녁을 먹었다. 남편은 야근하다 들어와 잠만 잤다. 윤서가 태어나고 나서는 한결같았다. 가끔은 일찍 올 수도 있지 않냐고 타박하면 정현이 없는 집에 장모님과 둘만 있기 껄끄럽다는 핑계를 댔다. 뭐가 껄끄러워? 엄마가 잡아먹는 것도 아니잖아. 너도 우리 엄마 불편해하잖아. 우리 엄마는 너 잡아먹는데? 지금 어머니가 윤서 봐주시는 거 아니잖아. 네가 장모님이 봐주시는 게 편하다며. 그런 말들이 오가고, 목소리가 거칠어지고, 대화는 별 소득 없이 끝났다.

"참, 너 좀 씻어. 땀 흘리고 왔잖아."

엄마가 말했다. 정현은 말 잘 듣는 아이처럼 욕실로 들어갔다. 초여름인데도 오한이 들어 뜨거운 물로 샤워했다. 욕실 시계를 봤다. 12시 23분. 다른 사람을 죽이지 못한다면, 정현의 수명은 이제 여덟 시간 반 정도 남은 것이다. 만약, 만에 하나 엄마를 죽인다면, 앞으로 남은 여덟 시간은 어떻게 보내야 하나. 그리고 그 순간이 왔을 때 어떤 방식으로 죽여야 하나. 막상 죽음을 목전에 두면 엄마가 저항할 수도 있다. 정현은 잡념이 많아져 잠이 오지 않는 밤에 먹으려고 처방받은 신경안정제를 떠올렸다. 신경안정제를 음료에 타서 잠들게 하고… 아니, 이건 아니야. 살고 싶은

지 죽고 싶은지도 모르면서 엄마를 죽일 계획부터 세우다니. 모르겠다. 정현은 언제부턴가 자신이 무엇을 원하는지 알 수 없게 되었다. 그나마 가진 것들을 잃지 않기 위해 발버둥 치며 살아왔다. 윤서나 잘 키우자. 돈을 벌자. 그렇게 자신을 몰아갔다.

정현은 욕실 바닥에 쪼그리고 앉았다. 목구멍에서 새어나온 흐느낌은 샤워기에서 떨어지는 물줄기 소리에 덮였다.

젖은 머리를 대충 말리고 식탁에 앉았다. 그 사이 식탁에는 대구조림, 배추된장국, 기장밥이 차려져 있었다. 정현은 희멀건한 대구의 눈을 노려봤다. 엄마는 생선 머리를, 특히 눈알을 좋아했다. 진짜로 좋아했는지, 딸에게 살코기를 양보하기 위함인지는 알 수 없다.

"먹자. 국 식으면 맛없어."

엄마가 밥을 푹 퍼서 국에 말았다. 대구 볼살을 떼어 입에 넣었다. 움찔거리는 턱 근육이, 위아래로 움직이는 목울대가 힘겨워 보였다. 정현은 젓가락으로 밥알을 집어 입에 넣었다. 밥은 달고 맛있었다. 엄마는 국그릇을 들어 국물을 마셨다.

"천천히 먹어. 난 목욕 좀 해야겠다."

엄마가 욕실로 들어갔고, 욕조에 물 채우는 소리가 들렸다. 탁자 위 빈 국그릇에는 얇게 저민 마늘과 불어 터진 밥알 몇 개가 붙어 있었다.

문득 엄마의 등을 밀어주고 싶었다. 정현은 욕실 문을 두드렸다.

"왜?"

"등 밀어줄게."

"아니, 괜찮아."

사양한다고 해서 물러나고 싶지는 않았다. 엄마는 지금껏 많은 것을 사양해왔다. 외식만 해도 그랬다. 어쩌다 외식하러 가자고 하면 발작적으로 손사래를 쳤다. 비싸기만 하고 맛없어. 하루쯤 엄마를 쉬게 해주고 싶은 마음은 엄마의 고집에 매번 눌렸다. 정현은 옷을 벗고 속옷 차림이 되었다. 욕실 문을 열자 안에서 훈김이 뿜어져 나왔다. 엄마의 알몸은 여전히 건강해 보였다. 팔뚝에 있는 손톱자국을 제외하고.

"이거 뭐야?"

"아, 좀 긁힌 거야."

엄마는 태연한 척 말했지만 표정에는 당황스러움이 묻어났다.

"좀 긁힌 게 아닌데?"

가까이서 본 상처는 훨씬 더 깊었다.

"앞집 할머니, 죽어 있었다고 했지?"

"어? 어."

"근데 어떻게 그 집에 들어갔어?"

엄마는 대답하지 못했다. 욕실에서 뛰쳐나와 벗어둔 옷을 주워 입었다. 뒤에서 엄마가 부르는 소리가 들렸지만 무시하고 현관문을 열어젖혔다. 앞집 문은 쉽게 열렸다. 거실에 할머니가 누워 있었다. 부릅뜬 눈, 보랏빛으로 물든 목, 무언가를 갈구하듯 잔뜩 오그라든 손가락. 엄마가, 앞집 할머니를 죽였다. 그리고 지금은 딸을 위해 죽겠단다. 이건 앞뒤가 맞지 않는다. 엄마는 죽고 싶은 걸까, 살고 싶은 걸까.

정현은 침실로 가서 시트를 가져왔다. 그리고 할머니의 시체 위에 덮었다.

"딸, 그만 집에 가자."

뒤에서 엄마의 목소리가 들렸다. 정현은 눈을 부릅뜨고 엄마를 노려봤다.

"할머니도 목소리를 들었대. 어차피 돌아가실 거였어."

"그렇다고 죽여?"

"내 말 좀 믿어! 안 죽였다고."

정현이 덮었던 시트를 걷어냈다.

"저렇게 보라색 자국이 있는데도?"

"목소리 낮춰. 이상한 사람들 오면 어쩌려고."

이상한 사람이라는 말에 정현은 자전거를 타고 오다 본

끔찍한 광경을 떠올렸다. 등줄기에 소름이 돋았다.

"일단 집에 가자."

또다시 엄마 손에 이끌려 집으로 들어왔다. 엄마는 조곤조곤 말했다. 정현은 엄마의 입술 주름을 보며 이야기를 들었다. 엄마가 목소리를 듣고 얼마 지나지 않아 옆집 할머니가 찾아왔다. 할머니는 목소리를 들은 지 열두 시간이 다 되어간다며 마지막 순간에 혼자 있고 싶지 않다고 했다. 엄마는 할머니를 따라 앞집에 갔다. 당연히 임종을 지켜줄 생각이었다. 그런데 침대에 반듯이 누운 할머니를 보자 생각이 바뀌었다. 할머니를 죽이자. 어차피 죽을 목숨인데 나라도 살자. 하지만 상황은 엄마의 뜻대로 흘러가지는 않았다. 엄마가 목을 조르자 할머니는 거세게 반항했다. 팔뚝의 상처는 그때 생겼다. 엄마가 순간적으로 손아귀에 힘을 푼 순간, 할머니가 죽었다. 할머니의 시간이 다 된 것이다.

"난 네 손에 죽을 거야. 그럼 적어도 개죽음은 아니잖아."

"그래도 난, 엄마 못 죽이겠어."

"그럼 어쩌자고."

"김 서방 죽일 거야."

"윤서 아빠를?"

"그 사람 윤서 아빠 아니야. 윤서 아빠 죽었어."

"역시, 그랬구나."

엄마는 담담한 얼굴로 말했다. 윤서의 생물학적 아버지는 최 과장이다.

"짐작했지?"

"당연하지. 김 서방이랑 발가락도 안 닮았는데."

"김 서방도 알겠지?"

"바보가 아닌 이상."

답은 나왔다. 남편이—목소리를 들었다면—정현을 죽일 것이다. 남편을 죽여야 한다. 혼자라면 어렵겠지만 엄마와 함께라면 충분히 가능성이 있다.

◇

남편은 전화를 받지 않았다. 시간은 뚝뚝 끊어진 듯 흘렀다. 오후 네 시, 정현의 시간이 네 시간 반쯤 남았을 때 인터폰이 울렸다. 푸르스름한 화면에 비친 사람은 남편이 아니었다. 모자를 눌러쓴 남자였다. 흐릿해서 잘 보이지 않았지만 남자의 손에는 망치 같은 게 들려 있었다. 엄마와 정현은 숨을 죽이고 현관문을 노려봤다. 저 문은 타인의 침입으로부터 우리를 지켜줄 만큼 튼튼할까? 남자가 망치로 문을 쳤다. 그때마다 낡은 문은 곧 떨어져 나갈 듯 흔들렸다.

"저 사람, 3층에 사는 남자야."

엄마가 작은 소리로 말했다. 그 사이 정현은 주방에서 끝이 뾰족한 칼을 뽑아 들었다.

"힘으로는 못 당해."

엄마는 에프킬라와 라이터를 찾아 왔다. 확실히 그 방법이 나을 것 같았다. 문 열어! 씨발! 다 뒈졌어. 이 빌라에 사는 인간들 다 뒈졌다고! 남자가 외쳤다. 남자의 말대로 다 죽었을 수도, 집 안에서 각자의 전쟁을 치르고 있을 수도 있다. 어느 쪽이라도 남자에게 문을 열어줄 사람은 없다. 현관문을 찍어대던 남자는 한껏 악을 쓰더니 어느 순간 조용해졌다.

"죽었나?"

엄마가 물었다.

"모르지."

정현은 테이블 위에 칼을 내려놓았다. 그리고 남편에게 전화를 걸었다. 신호는 갔지만 여전히 받지 않았다.

"안 받아?"

"벌써 죽었는지도 모르지."

정현은 냉랭하게 말했다. 남편이 이미 죽었다면 정현은 엄마를 죽이지 않는 이상 살 방법이 없다. 다시 원점으로 돌아간 기분이었다.

"한잔해야지, 안 되겠다."

엄마의 말에 정현은 내심 놀랐다. 엄마는 술을 좋아하지 않았다. 아빠가 간암으로 죽고 나서는 입에도 대지 않았다. 어쩌다 회식이 있다고 하면 술 마시지 말라고 몇 번씩 잔소리하던 엄마였다.

"엄마 술 마셨어?"

"가끔."

엄마가 자기 방으로 쓰는 옷방으로 들어가더니 먹다 남은 소주병을 들고 나왔다. 그사이 갈아입었는지 원피스 차림이었다. 아빠가 죽기 전 마지막 생일 선물로 사준 체크무늬 원피스였다. 입술에는 붉은 기가 도는 립스틱도 발랐다. 엄마는 냉장고에서 얼음을 꺼내 유리잔에 담고 소주를 부었다. 능숙한 솜씨였다.

"안주는?"

"이거면 돼."

엄마가 냉동실에서 진미채를 꺼냈다. 정현은 냉동실에 진미채가 있는 줄도 몰랐다.

"이럴 줄 알았으면 딸이랑 가끔 술도 마실걸."

"지금 마시면 되지."

정현은 찬장에서 유리잔을 꺼내 엄마처럼 얼음을 담고 소주를 부었다. 술기운이라도 있어야 뭐든 할 수 있을 것 같았다. 하지만 좀처럼 입을 댈 수는 없었다. 엄마는 벌써 한 잔을 비우고 소주를 채웠다. 정현의 잔에서는 얼음이 녹아 달칵 소리가 났다. 그게 신호라도 된 것처럼 울컥, 눈물이 쏟아졌다. 엄마는 진미채를 씹으며 키친타월을 두 장 뜯어 한 장을 정현에게 건넸다.

"엄마, 미안해."

"미안하긴, 늙은이가 먼저 가는 거지."

엄마는 예순넷이다. 어디를 나가도 노인으로는 보이지 않는다.

"엄마, 아직 갈 때 안 됐잖아."

"어쩔 수 없지. 나보다 젊은 사람들도 죽어 나가는 판에."

엄마가 소주병을 들어 술을 따랐다. 조르르, 남아있던 술이 잔의 바닥을 간신히 채웠다.

"아쉽다."

엄마가 입맛을 다셨다. 정현은 자신을 위해 희생할 엄마를 아쉽게 보내고 싶지 않았다.

"내가 술 사 올게."

"지금 밖에 나간다고?"

"응. 바로 집 앞인데, 뭐."

정현은 거실 창으로 다가가 편의점을 내려다봤다. 매장 안의 불은 켜져 있었다. 안에 아르바이트생이 있는지는 알 수 없었다. 세상이 망해가는 판에 편의점을 지키고 있을 것 같진 않았다.

"아무도 없어. 괜찮을 것 같아."

"그래."

"안주는? 뭐 먹고 싶은 거 없어?"

"네가 알아서 사 와."

엄마가 옅은 미소를 지었다. 소주 두 잔에 취기가 올랐는지 볼이 불그레하고 눈빛이 번들거렸다. 집을 나와 계단을 내려갔다. 201호에서 개 짖는 소리가 들렸다. 저 닫힌 문 안쪽의 사람들은 살았을까, 죽었을까.

공동현관문이 열리는데, 섬뜩한 기분이 들었다. 정현은 선뜻 밖으로 나갈 수 없었다. 이건 엄마의 방식이 아니었다. 엄마는 이렇게 위험한 때 편의점은커녕 문밖에도 나가지 못하게 할 사람이다. 술 한 잔 더 하고 싶다고 그걸 입밖으로 낼 사람이 아니다.

그러고 보니 지금 밖에 나가냐며 되묻던 엄마의 말투가 묘하게 연극적이었다. 정현은 계단을 뛰어 올라갔다. 거실에 있어야 할 엄마가 보이지 않았다. 작은방으로 달려갔다. 엄마가 윤서를 안고 있었다. 안 돼, 엄마. 윤서가 울기 시작했다.

"엄마, 왜 그래? 뭐 하는 거야?"

"얘는 죽어야 해. 너한테 불행을 몰고 왔어."

정현을 보는 엄마의 눈동자가 기이한 빛을 발했다. 눈동자가 유난히 크고 검어 새의 눈처럼 보였다.

"그게 무슨 소리야?"

"얘가 너만 닮았어도 김 서방이 엇나가진 않았을 거야. 근데 지 애비를 빼닮은 거잖아?"

"어서 윤서 내려놔."

"정현아, 나 죽기 싫어."

"뭐?"

"나도 내가 이럴 줄 몰랐어. 널 위해 죽을 수 있다고 생각했어. 근데, 아니야. 나 살고 싶어."

"엄마, 아직 시간 있잖아. 우리 다른 방법을 생각해보자."

"아니야. 나 네 마음 편하게 하려고 거짓말했어. 엄마 이제 십 분도 안 남았어. 그 목소리, 너 나가고 바로 들었어."

엄마가 탁한 목소리로 말하며 윤서의 머리를 쓰다듬었다. 커다란 손이 금방이라도 윤서의 목을 비틀어버릴까 봐 심장이 요동쳤다. 엄마는 아무렇지도 않은 척 윤서를 얼렀다.

"우리 윤서, 하무 위해서 하늘나라 가자."

"엄마, 그러지 마. 차라리 날 죽여."

"내 새끼를 어떻게 죽여."

"윤서는 내 새끼야. 내 새끼 건드리지 마!"

방으로 바람이 훅 들어왔다. 창문이 열려 있었다. 엄마가 창가로 가서 윤서를 안은 팔을 머리 위로 들어 올렸다.

정현은 엄마를 향해 몸을 날렸다. 그 힘에 밀려 엄마는 뒤로 넘어졌다. 쿵, 벽에 머리가 부딪치며 둔탁한 소리가 났다. 그 와중에도 엄마는 윤서를 품에 안고 있었다. 정현은 윤서를 빼앗아 침실로 달아났다. 윤서를 침대에 눕히고 문을 잠갔다. 엄마가 문고리를 돌렸다. 정현은 화장대를 끌어다 문을 막았다. 엄마가 다급한 목소리로 외쳤다.

"정현아, 문 열어. 엄마 죽어. 곧 죽는다고."

"엄마, 미안해. 정말 미안한데 내 새끼는 안 돼."

"알아, 정현아. 엄마가 잠깐 미쳤나 봐."

엄마의 목소리는 여전히 탁했다. 엄마가 제정신으로 돌아온 건지, 윤서를 해하려고 연기하는 건지 판단할 수 없었다.

"얼른 열어. 시간 다 됐어. 네가 날 죽여야지. 이대로 죽으면 개죽음이잖아?"

시계를 봤다. 7시 23분. 엄마는 정현이 출근하고 바로 목소리를 들었다고 했다. 정현은 7시 20분쯤 집에서 나갔다. 정현은 정신없이 화장대를 밀었다. 문이 겨우 열릴 정도가 되었을 때 좁은 틈으로 빠져나왔다. 엄마는 바닥에 쓰러져 있었다. 시곗바늘이 7시 24분을 가리켰다.

엄마가, 죽었다.

정현이 죽인 게 아니다. 엄마의 시간이 다 된 것이다.

정현은 엄마 앞에 무릎을 꿇었다. 무언가에 놀란 듯 벌어진 입과 부릅뜬 눈을 감겨주었다. 눈물은 나오지 않았다. 몸을 구부려 오른쪽 볼을 엄마의 가슴에 대었다. 심장 박동도, 엄마 냄새도 없었다. 희미한 비누 냄새만 나는 품에는 그래도 온기가 남아 있었다. 방문 앞에 쓰러진 엄마를 웃방으로 옮겼다. 그리고 엄마 옆에 나란히 누웠다. 옷장, 서랍장, 옷걸이가 정현에게로 쏟아져 내릴 것만 같았다. 엄마가 바르는 로션과 크림은 가장자리가 해진 종이 상자 속에 가지런히 놓여 있었다. 엄마는 이 좁은 방 안에서 잠들며 무슨 생각을 했을까. 잠 안 오는 밤이면 딸과 사위 몰래 소주를 들이켰을까. 정현은 엄마에 대해 아는 게 없었다. 엄마는 엄마라고만 생각했다.

방 안의 공기가 책망하듯 정현의 몸을 내리눌렀다. 시야가 흐려지고, 의식이 가물거렸다. 이대로 잠들면 자신의 시간이 다해 죽을 거라고, 그것도 나쁘지 않겠다고, 정현은 생각했다.

윤서의 울음소리에 눈을 떴다. 정현은 일어나 침실로 갔다. 윤서의 오줌 싼 기저귀를 갈아주었다. 자기 자식인데도 기저귀를 가는 손길이 어색했다. 엄마가 매일 해온 일이니 그럴 수밖에 없었다. 또 시계를 봤다. 7시 35분. 이제 한 시간밖에 남지 않았다.

"윤서야, 할머니가 돌아가셨어. 엄마도 곧 죽을 거야. 어떡하면 좋아?"

결국은 정현도 엄마의 뒤를 따라갈 것이다. 윤서는 운이 좋으면 사람들에게 발견될 것이다. 손에 피를 묻히고 살아남은 살인자들의 손에서 자라날 것이다. 그래도 괜찮다. 살아만 준다면. 정현은 종이와 펜을 찾아 글자를 썼다. 손이 떨려 몇 번이나 헛손질하면서.

[이 아이 이름은 정윤서입니다. 부디 잘 돌봐주세요.]

그 시간이 다가올 때까지 멀쩡한 정신으로 있으니 신경안정제를 먹고 자다가 죽는 게 나을 것 같았다. 침대 옆 협탁에서 신경안정제 병을 꺼내 들었다. 약병 뚜껑을 여는데 현관 비밀번호 누르는 소리가 들렸다. 남편이었다. 정현은 화장대 위에 두었던 쪽지와 신경안정제 병을 주머니에 넣었다. 남편은 피로에 찌든 얼굴로 방에 들어왔다.

"살아 있었구나."

성큼 다가온 남편이 정현을 덥석 끌어안았다. 얼떨떨했다. 남편은 이럴 사람이 아니다. 아쉬운 소리를 할 때가 아니면 살가운 목소리를 내는 일도 없었다. 그 순간 정현은 확신했다. 남편도 목소리를 들었다. 죽느냐 죽이느냐. 지금부터 한 시간, 카운트다운이 시작된 것이다. 정현은 남편의 품에서 티 나지 않게 빠져나왔다. 침실에는 살해 도구가 될 만한 물건이 없었다. 그건 자신을 방어할 수단이 없다는 뜻이다. 남편에게는 우악스러운 손이 있다. 마음만 먹으면 한 손으로도 정현의 목을 조를 수 있다. 정현은 최대한 겁먹은 티를 내지 않기로 했다.

"장모님은?"

남편이 물었다. 입술이 바싹 말라 허연 각질이 일어나 있었다.

"돌아가셨어."

"목소리, 들으셨구나."

"응."

남편은 더 묻지 않았다. 정현도 묻지 않았다. 장모님이 돌아가셨는데 그게 다냐고, 여태까지 전화도 받지 않고 무얼 했냐고, 누구랑 있었느냐고.

남편이 두 손으로 얼굴을 문지르며 주방으로 갔다. 그는 생수병을 입에 대고 물을 마셨다. 몹시 갈증이 나는 듯 차가운 물을 벌컥벌컥 목구멍으로 넘겼다. 정현은 칼꽂이에서 눈을 떼지 않고 물었다.

"당신은?"

"어?"

"목소리, 들었냐고."

"아니, 난 안 들었어. 당신은?"

거짓말.

"나도. 나도 안 들었어."

"정말?"

"응."

정현은 입꼬리가 떨리지 않도록 힘을 줬다.

"다행이네. 우리 앞으로 잘 살자."

남편이 가식적인 미소를 지으며 덧붙였다.

"우린 역시 천생연분인가 봐."

그래, 천생연분이야. 우린 지금 똑같은 생각을 하고 있을 테니까. 정현은 입술에 침을 발랐다. 틈을 보여서는 안 된다.

"밥은? 먹었어?"

"어, 먹어야지."

"알았어. 손 씻고 와."

정현은 인덕션을 켜고 주머니에서 약병을 재빨리 꺼냈다. 배추된장국에 신경안정제를 쏟아부었다. 약은 녹지 않고 둥둥 떠다녔다. 온도를 최대로 높이고 국자로 저었다. 약이 녹는 데는 오랜 시간이 걸리지 않았다. 물소리가 그치고, 남편이 화장실에서 나와 식탁에 앉았다. 정현은 대구조림과 기장밥을 전자레인지에 돌리고 국을 듬뿍 퍼서 남편 앞에 놓아주었다.

"당신은 안 먹어?"

"엄마가 돌아가셨어. 당신 같음 밥이 넘어가겠어?"

"미안. 미안해. 제정신이 아니었어. 회사에서 사람이 많이 죽어서. 지금이라도 장모님 뵙고 올게."

남편이 숟가락을 놓고 자리에서 일어나려 했다.

"아니야. 밥부터 먹어."

"괜찮아."

조금만 타박할 생각이었는데 일이 꼬였다. 국이 식으면 쓴맛이 강해질지도 모르는데.

"아니 당신도 힘들었잖아. 그냥 밥 먹어."

"장모님 뵙고 오는 데 얼마나 걸린다고."

남편이 옷방으로 갔고 정현이 뒤따라갔다. 남편은 조용히 엄마를 내려다보다가 다시 식탁으로 왔다. 남편의 시선이 개수대로 향했다. 시선의 끝에는 소주병과 유리잔이 있었다.

"술 마셨어?"

"조금."

"나도 술이나 마셔야겠다."

"밥은?"

술이 없다는 걸 설명할 틈은 없었다.

"됐어. 당신도 안 먹는데 한 끼 안 먹는다고 죽나. 일단 씻고 올게."

남편이 욕실로 들어갔다. 경솔했다. 신경안정제를 전부 국에 부어버리다니.

정현은 욕실에 있는 남편을 죽일 방법을 생각해봤다. 남편은 욕조에 몸을 담그지 않으니 감전사는 어렵다. 샤워

할 때 등 뒤에서 찌를까? 그러다 얼마 전 본 영화를 떠올렸다. 어떤 사람이 열세 번이나 찔리고도 죽지 않았다. 심지어 조연인데도. 그걸 보며 정현은 생각했다. 사람의 목숨은 질기다. 어설피 찔렀다가 반격당하면 오히려 자신이 죽게 될 것이다. 정현에게는 시간이 얼마 남지 않았다. 일 초, 또 일 초⋯ 초침이 움직일 때마다 피가 말랐다.

샤워까지 하는 걸 보니 남편은 정현보다는 시간적 여유가 있을 것이다. 아니면 정말 목소리를 듣지 않았나? 그렇다고 해도 달라질 건 없다. 이것저것 재고 있을 때가 아니다. 칼보다 치명적인 무기를 찾아야 한다. 정현은 집 앞에 찾아왔던 남자가 들고 있던 망치를 기억해냈다. 망치처럼 한 번에 내리쳐서 제압할 수 있는 것.

주물 프라이팬이라면.

사놓고 무거워서 딱 한 번 쓰고 깊숙이 두었던 프라이팬을 싱크대 아래 캐비닛에서 꺼냈다. 끝이 뾰족한 칼은 앞치마 끈 뒤쪽에 꽂았다. 기이하리만치 피가 차갑게 식었다. 마치 타고난 살인자라도 되는 것처럼.

정현은 욕실 문을 열었다. 훈기가 정현에게 달려들었다. 잠깐 기시감이 들었지만 정신을 가다듬었다. 남편은 머리를 감느라 무방비 상태였다. 정현은 있는 힘껏 그의 뒤통수를 후려쳤다. 억, 목이 막힌 듯한 비명을 지르며 남편이 타일 바닥에 쓰러졌다.

"당신… 왜….”

남편이 정현을 올려다봤다. 그의 눈빛은 정현에게 청혼할 때와 닮아 있었다. 기분이 이상했다.

"난 목소리를 들었어.”

"뭐?”

그는 금붕어처럼 영문을 모르겠다는 눈으로 정현을 올려다봤다. 정현은 남편의 목에서 팔딱거리는 혈관에 뾰족한 칼을 찔러 넣었다.

"당신도 들었잖아? 안 그래?”

"나, 난…”

"그리고 알고 있겠지만 확실히 말해줄게. 윤서 당신 아이 아니야.”

정현이 그의 귀에 속삭였다.

"내, 내가 널 먼저….”

헐떡이던 숨소리가 멈췄다. 욕실 바닥에 투명한 피가 번져 나갔다. 정현의 발가락이 피로 물들었다. 시계를 봤다. 8시 38분. 나는 죽지 않아. 나는 살아남았어. 나는 죽지 않았다고. 정현은 중얼거리며 윤서가 잠든 방으로 갔다. 그가 걸어가는 곳마다 빨간 발자국이 찍혔다.

"윤서, 우리 아가.”

윤서가 바닥에서 잠들어 있었다. 내 소중한 아가. 윤서를 안아주려다 무언가를 밟고 뒤로 미끄러졌다. 그대로 넘어졌으면 엉덩방아를 찧었을 텐데 윤서가 달려드는 바람에 피하려다 중심을 잃었다. 쿵, 뒤통수에 충격이 느껴졌다. 삐딱하게 놓아둔 화장대에 머리를 부딪친 것이다. 정현은 바닥에 쓰러졌다. 일어날 수가 없었다. 뜨뜻하고 축축한 느낌이 뒤통수부터 퍼졌다. 정현의 시야에 장난감 자동차가 들어왔다. 저게… 왜 바닥에… 장난감 상자에 넣어놓았을 텐데….

"엄마."

윤서가 기어와 정현의 눈을 찔렀다. 작지만 날카로운 손톱이 각막을 할퀴었다. 눈알이 쓰라렸고 시야가 흐려졌다. 윤서의 얼굴이 부옇게 보였다. 윤서가 아기 특유의 높은 소리로 꺄륵 웃었다. 내 아가, 너도 목소리를 들었니?

부디 너희 세상에도

책상 위 노란 머그컵에 그려진 기린과 눈싸움을 한 지 벌써 삼십 분째다. 마감이 일주일도 남지 않았는데 여태 도입부에서 얼쩡거리는 꼴이란. 또 사우나에 가야 하나. 지난주 목요일에 갔으니 아직 일주일도 안 지났는데.

나는 글을 쓰다 막힐 때면 사우나에 간다. 사우나에 가면 천장도 높고 혈액순환이 잘 돼서 막혔던 장면이 술술 풀린다. 아르키메데스도 목욕탕에 갔다가 유레카를 외치며 알몸으로 뛰어나오지 않았나.

그래도 나흘 만에 가는 건 좀 과하긴 하다. 긴 한숨을 내쉬며 양말을 신고 욕실 구석에 있는 목욕 가방을 챙겨 밖으로 나왔다. 사실 사우나에 가는 것 자체가 문제는 아니다. 몸도 말끔해지고, 기분도 상쾌해지고, 아이디어까지 떠오르니 매일 간다고 해도 해가 될 건 없었다. 문제는 입욕 비용 팔천 원. 대박은커녕 중박도 못 치는 신인 작가에게 팔천 원은 만만치 않은 돈이다.

터덜터덜 걷다 보니 사우나 건물 1층에 있는 편의점 앞이었다. 나는 편의점으로 들어갔다. 아무리 돈이 없어도 바나나 우유는 사 먹어야 하니까. 목욕탕 안의 매점에서는 두 배 정도 비싸게 팔기 때문에 음료수는 꼭 편의점에서 사 간다. 목구멍을 호강시키는 시원함은 포기해야 하지만 바가지에 찬물을 받아 담가놓으면 어느 정도는 시원하게 마실 수 있다. 나란히 진열된 우유 중 맨 뒤에 있는 걸 꺼내 유통기한을 확인했다. 어라, 유통기한이 없다. 그 앞에 있는 우유에도, 옆에 있는 딸기 우유에도 유통기한은 적혀 있지 않았다. 어찌 된 일인지 편의점 알바에게 물어보려는데 웬 남자가 내 어깨를 툭 치고 지나갔다.

저기요, 남자를 불러 세워 사과를 받으려다 흠칫 뒤로 물러났다. 남자의 걸음걸이는 몹시 불안했다. 왼쪽으로 꺾인 고개, 슬개골이 빠져나간 듯 휘청거리는 다리… 아무래도 낮술 좀 하신 모양이다. 상대해서 득 볼 일은 없겠다. 신경질적으로 부딪친 데를 털며 멀찍이 떨어져서 남자가 계산하기를 기다렸다. 그런데 남자는 진열대 위의 빵 봉지

몇 개를 움켜쥐더니 그대로 밖으로 나가버렸다.

"어어, 손님!"

편의점 알바가 따라 나갔고 나는 유통기한이 없는 우유를 냉장고에 도로 가져다 놓았다. 이렇게 된 거 오늘은 사우나 안에서 시원한 우유를 마셔야겠다고 생각하며 빈손으로 편의점을 나왔다. 알바와 남자가 주차장에서 실랑이를 벌이고 있었다. 남자는 입가도 지저분하고, 눈도 흰자위가 보이지 않을 정도로 시뻘겋다. 역시 상대하지 않길 잘했다.

"경찰 불러요? 네?"

알바가 목소리를 높이는데 남자가 달려들어 알바의 목을 물어뜯었다. 피를 뿜으며 쓰러지는 알바. 무, 무슨 일이 벌어진 거야? 119에 신고해야 하나? 아니, 112? 핸드폰을 꺼내야 한다는 생각과 달리, 비현실적인 광경에 얼어붙은 몸은 움직이지 않았다. 마침 건물 안에서 경비아저씨가 뛰어나왔다. 손에는 핸드폰을 들고 있었다. 다행이다.

"여기 사람이 물렸어요. 개요? 아니, 사람이 물었어요. 네? 여기요? 사, 삼정 사우나 앞인데요."

쓰러진 알바를 내려다보던 남자가 고개를 삐딱하게 들더니 어기적거리며 경비 아저씨에게 다가갔다. 아저씨는 소리를 지르며 건물 안으로 도망갔고, 나는 더 구경하다가 괜한 불똥이 튈까 무서워 지하로 내려갔다. 가슴이 벌렁거리고 입안이 바싹 말랐다. 손은 바들바들 떨렸다. 작가가 되고 나서 사건 사고를 마주하고 싶다는 부도덕한 욕망이 앙금처럼 아랫배에 가라앉아 있었던 게 사실이다. 하지만 막상 목격한 지금은, 얼른 따뜻한 물에 몸을 담그고 싶은 마음뿐이다.

　평상시 두 사람이 지키고 있던 매표소는 텅 비어 있었다. 화장실에 갔나? 가더라도 한 사람씩 교대로 가지 않나? 여전히 떨리는 손을 다잡으며 탕 입구를 들여다봤다. 바닥에 초록색 액체가 흥건했다. 액체라고 부르기에는 너무 점성이 높아 보이는, 파충류 외계인이 광선총을 맞고 녹아버린 듯한 물질이었다. 집에서 사우나까지 채 오백 미터도 되지 않는 거리에서 오늘따라 왜 이리 사건 사고가 많은 건지. 이불 밖은 위험하다고, 일이 꼬일 때는 집에 있는 게 최고다. 그렇지만 여기까지 와서 그냥 돌아가기도 싫었다.

　"저기요."

　작은 목소리로 직원을 불렀다. 두어 번 더 불러봤다. 대답이 없었다. 돌아갈까? 몸을 반쯤 돌리는데, 물이 뚝뚝 떨어지는 대걸레를 든 여자가 나타났다.

　"사우나 하시게요?"

　'삼정 보석사우나'라고 적힌 유니폼을 입지 않아서, 코

위에 난 사마귀를 보고서야 매표소 직원이라는 걸 알았다. 나는 주머니에서 만 원짜리를 꺼내 직원에게 내밀었다.

"목욕만요. 찜질방 안 가고요."

직원은 데스크로 가서 거스름돈 이천 원과 주황색 수건 두 장, 그리고 196번이라 쓰인 종이쪽지를 건네주었다.

"우리 직원이 뭘 먹고 탈이 났는지 화장실로 뛰어가다가 토한 거예요. 내 유니폼에까지 다 튀는 바람에요."

직원은 대걸레를 들고 따라오며 별로 알고 싶지 않은 얘기를 쏟아냈다. 나는 대충 고개를 끄덕이며 196번 신발장에 운동화를 넣고 열쇠를 뽑아 들었다. 도대체 뭘 먹으면 사람 뱃속에서 이런 게 나와. 직원이 투덜대며 토사물 치우는 소리가 들렸다.

사우나 안으로 들어가 매점 아줌마에게 종이쪽지를 내밀었다. 아줌마는 TV를 보느라 내 쪽은 쳐다보지도 않고 손만 내밀었다. 보나 마나 중년 배우의 젊은 시절 모습을 볼 수 있는 옛날 드라마겠지. 아줌마의 손바닥 위에 쪽지를 올려놓고 무심코 화면을 올려다봤다. 세상에, 텔레토비였다. 아니, 텔레토비를 방송해주는 데가 아직도 있단 말이야?

"아이고, 저쪽 골목으로 가야지. 둘이 엇갈렸네, 엇갈렸어."

아줌마가 뜻 모를 소리를 하며 눈물을 글썽였다. 다시

화면을 보니 텔레토비는 사라지고 막장 드라마가 펼쳐지고 있었다. 아줌마가 그새 리모컨을 만졌나? 내가 잘못 봤나? 그럴 리가 없는데….

"왜? 필요한 거 있어요?"

"바나나 우유 주세요."

나는 바나나 우유를 받아 들고 196번 사물함으로 갔다. 열쇠를 꽂자 연두색 불이 깜박이며 문이 열렸다. 옷을 홀홀 벗고, 수건으로 가슴을 가리고 목욕탕에 들어갔다.

팔천 원이면 비싼 감은 있지만 드라마에도 장소 협찬을 했던 곳이라 시설은 나쁘지 않다. 매점 옆에 있는 계단을 올라가면 찜질방으로 연결되는데, 찜질방은 한 번도 가본 적이 없다. 아무리 혼밥에 익숙하다고 해도 찜질방에서 혼자 미역국을 먹고 싶지는 않았다.

습관적으로 탕 안을 둘러봤다. 언제나처럼 벽 한 면에는 커다란 상어 그림이 붙어 있었다. 입을 쩍 벌리고 있는 상어들을 볼 때마다 주인의 취향이 의심스러워진다. 보통 목욕탕에는 산수화를 붙여놓던데.

빨간 팬티를 입은 세신사, 머리에 수건을 감고 탕에 앉아 있는 사람들. 탕 안의 풍경은 여느 때처럼 평화로웠다. 나는 목에서 피를 뿜던 알바의 모습을 애써 지워내며 자리를 잡았다. 카페나 식당에서는 구석 자리를 좋아하지만,

목욕탕에서만큼은 온탕과 가까운 통로 자리가 편했다. 샤워기로 전신에 물을 뿌리고, 수건에 바디워시를 조금 짜 거품을 냈다. 나를 위한 선물이라며 큰맘 먹고 산 비싼 제품이라 궁상을 떠는 게 아니다. 환경을 생각하는 착한 소비다. 어쨌거나 교양 있는 시민이라면 모름지기 탕에 들어가기 전 샤워를 깨끗이 해야 하는 법.

막힌 글을 어떻게 풀어넬지는 따뜻한 탕 안에서 고민하기로 하자. 지금은 관찰의 시간이다. 나는 때수건으로 몸을 박박 문지르며 탕 안을 둘러봤다. 가장 먼저 눈에 띈 사람은 입식 샤워기 아래 주저앉아 빨래하는 여자였다. 갸름한 얼굴이 낯익어서 다시 보니 매표소 직원이었다. 빨고 있는 옷은 유니폼 조끼. 화장실에 뛰어가다 바닥에 토한 장본인인가 보다. 제대로 체한 듯 얼굴이 A4용지처럼 하얗다. 물소리, 옷 치대는 소리에 거친 숨소리가 섞여 들렸다. 옷을 빨고 있을 때가 아니라 병원에 가야 할 것 같은데…. 어쨌거나 남의 일이다. 신경 쓰지 말아야지.

세신실에는 눈썹 문신을 한 아줌마가 팔자 좋게 누워 때를 밀고 있었고, 멜론 주스 색 아로마 탕에는 수건으로 양머리를 한 내 또래 여자가 들어가 있었다. 연두색 탕 색깔을 보니 토사물이 떠올라 속이 울렁거렸다. 고개를 돌리다 황토탕의 할머니와 눈이 마주쳤다. 41도짜리 탕에서 얼마나 오래 버텼는지 얼굴이 벌겋다 못해 자주색이다.

적당히 하시지. 저러다 심장마비라도 걸릴라.

지금까지 일어난 사건들로 볼 때 오늘은 할머니가 쓰러진다고 해도 전혀 이상하지 않은 날이라 마음이 졸아들었다. 그만 나오시라고 할까? 너무 오지랖이겠지? 내가 오지랖을 부려 좋은 결말을 본 적이 없다. 엄마는 내게 가만있으면 중간이라도 간다고 했다. 아니, 아빠였나?

소금 사우나에서 덩치 좋은 아줌마가 나와 수건에 찬물을 적시고 도로 들어갔다. 등이랑 어깨에 실리콘 부항기를 잔뜩 붙이고 있어서 포켓몬에 나오는 괴물 같았다.

매표소 직원, 세신사, 눈썹 문신, 양머리, 할머니, 포켓몬, 그리고 나. 탕 안의 사람은 전부 일곱, 아니 조금 전 만삭의 임산부가 들어와 여덟 명이 되었다. 보티첼리의 비너스처럼 우아하게 생긴 여자였다.

언제부터였을까. 사람이 많이 모이는 장소에서는 다른 사람을 관찰하게 된다. 작가가 되고 나서는 의식적으로 챙겨보는 편이지만, 나는 어렸을 때도 가족들과 외식하러 가면 옆 테이블 사람들을 보며 제멋대로 관계를 상상해 머릿속으로 말풍선을 붙여주곤 했다. 그러니까 나는 타고난 작가란 말이지. 이런 귀한 인재를 세상이 몰라주는 게 안타까울 뿐.

어? 이 목소리는 뭐지?

내 안에서 낯선 목소리가 울렸다. 결코 내 마음의 소리는 아니다. 나는 잘난 척과는 거리가 멀다. 허영심 가득한 나르시시스트들을 혐오하는 쪽이니까. 그런데 왜? 밤사이 외계인에게 신체 강탈이라도 당했나? 내 머릿속에 왕재수 잘난척쟁이가 들어온 것 같은 찝찝함이란… 아니, 기분 탓이다. 오는 길에 이상한 일들을 목격해 뇌세포가 충격을 받은 거다. 릴랙스하자, 릴랙스.

비누 거품을 씻어내고 탕에 들어가려는데, 입구에서 빨래하던 매표소 직원이 괴상한 소리를 지르며 일어났다. 거의 동시에 황토탕에 있던 할머니도 벌떡 일어났다. 매표소 직원은 초점을 잃은 눈으로 휘청거리며 걸어오더니 입에서 토사물을 뿜어냈다. 분수처럼 뿜어져 나온 황록색 토사물이 열탕에 뿌려졌다. 아로마 탕에 있던 양머리가 기겁하며 뛰쳐나왔다.

제때 비우지 않아 음식물 찌꺼기가 썩어버린 개수대 거름망에서 날 듯한 악취가 탕 안을 채웠다. 나는 코를 틀어막았다. 속이 울렁거리고 헛구역질이 절로 나왔다. 밖으로 나가야 한다. 허둥대다 황토탕에서 나온 할머니와 살짝 부딪쳤다.

"할머니, 괜찮으세요?"

할머니는 무뚝뚝하게 나를 지나쳐 소금 사우나로 갔다. 금방이라도 쓰러질 듯 위태로운 걸음걸이였다. 나는 밖으로 나가는 것도 잊은 채 바람 빠진 풍선처럼 쭈그러든 할머니의 몸을 쳐다봤다. 등에 군데군데 검푸른 멍이 들었고, 팔뚝에는 큰 개한테 물린 듯 이빨 자국이 나 있었다. 아니, 치열로 보면 개가 아니라 사람이 문 것이다. 저 할머니, 설마 집에서 학대당하고 있나?

"아이고야."

둔탁한 소리와 신음에 고개를 돌렸다. 하늘색 때수건을 손에 낀 세신사가 매표소 직원에게 달려가다가 미끄러져 엉덩방아를 찧은 것이다. 매표소 직원은 바닥에 쓰러진 채 경련하고 있었다.

"우리 직원 좀 도와줘요."

세신사가 허리를 문지르며 말했다. 탭댄스를 추는 펭귄처럼 발을 동동 구르던 비너스가 겁에 질린 얼굴로 매표소 직원에게 다가갔다.

"저기요, 괜찮아요?"

정신없는 와중에도 생김새만큼이나 고상한 목소리라고 생각하는데,

끼야아아아악!

목욕탕을 울리는 비명에 사람들의 고개가 일제히 소금 사우나 쪽으로 돌아갔다. 커다란 붓을 휘두른 것처럼 사우나 창유리에 사선으로 피가 튀었다. 문이 열리고 목덜미를 부여잡은 포켓몬 아줌마가 기어 나왔다. 여기저기 붙어 있

던 실리콘 부항기가 바닥에 떨어져 굴렀다.

"저, 저 할머니가 날 물었⋯."

포켓몬 아줌마가 무너지듯 옆으로 쓰러졌다. 허연 목에서 피가 솟구쳐 나왔다. 엉거주춤 일어나려던 세신사가 도로 주저앉았다. 열린 문틈으로 소금 사우나 안이 보였다. 바닥에 쏟아진 하얀 소금은 온통 붉은색으로 물들었고, 황토탕 할머니는 입에 피 칠갑을 한 채 뭔가를 질겅질겅 씹고 있었다. 그 뭔가가 포켓몬 아줌마의 살점이라는 건, 누가 설명해주지 않아도 알 수 있었다. 짧은 정적이 지나고 탕 안의 여자들이 경쟁하듯 비명을 질렀다.

본능의 어딘가에서 도망치라는 경고가 울렸다. 도망쳐야 할까? 밖으로 나가면 아까 편의점에서 본 남자가 있지 않을까? 그 남자도, 편의점 알바도, 어쩌면 경비 아저씨도 저 할머니처럼 사람들을 물어뜯고 있다면?

나는 소금 사우나와 입구 사이에서 어쩔 줄 모르고 서 있었다. 그때 도망간 줄 알았던 양머리가 경찰봉을 들고 나타나 할머니를 단숨에 제압했다. 할머니의 고개가 기괴한 각도로 꺾이며 크라운 씌운 앞니로 경찰봉을 물었다. 양머리는 당황하지 않고 손날로 할머니의 목덜미를 내리쳤다. 할머니가 눈을 까뒤집으며 바닥에 쓰러졌다. 머리에 쓴 귀여운 수건과는 어울리지 않았지만 양머리는 듬직한 경관의 포스를 팍팍 풍겼다.

"거기, 신고 좀 해주세요!"

양머리가 나를 가리키며 말했다. 간신히 정신을 다잡고 입구로 향하는데 탕 안에 가늘고 높은 비명이 울렸다. 비너스였다. 바닥에 쓰러져 있던 매표소 직원이 비너스의 발목을 문 것이다. 나는 비너스의 손을 잡고 매표소 직원의 어깨에 발길질을 해댔다. 크르륵, 매표소 직원이 짐승처럼 앞니를 드러내며 내 다리를 물려 했다. 순간 따악, 소리가 나며 매표소 직원이 바닥에 엎어졌다. 양머리가 매표소 직원의 뒤통수를 후려친 것이다.

"어서, 신고를!"

양머리가 다급하게 내 등을 밀었고 비너스는 나를 뒤따라 나왔다.

"앗, 키! 저 열쇠 두고 왔어요!"

나는 허전한 발목을 보며 외쳤다.

"저, 저는 가지고 있어요."

창백한 얼굴의 비너스가 발목에 찼던 244번 열쇠를 풀어 건네고는 탈의실에 있는 평상에 앉았다. 가느다란 발목에 이빨 자국이 선명했다. 응급처치라도 해야 한다. 매점 아줌마에게 도움을 청하려는데 아줌마가 온데간데없었다. 매점이, 통째로 사라졌다. 음료수가 들어 있던 냉장고도, 속옷과 때수건 같은 것들을 진열해놓은 매대도. 마치 처음부터 아무것도 없었던 것처럼 말끔히 사라져버렸다.

"매점이… 사라졌어요."

"네?"

하얗게 말라비틀어진 비너스의 입술이 떨렸다. 지금 매점이 있고 없고를 따질 때가 아니다. 나는 244번 사물함으로 갔다. 사물함을 열자 잘 개킨 꽃무늬 원피스 위에 놓인 핸드폰이 보였다. 긴급통화 119를 눌렀다. 신호만 갈 뿐, 아무리 기다려도 연결되지 않았다. 119에 응답하는 사람이 없다고? 얼른 112에 걸어봤다. 역시 신호만 갈 뿐, 응답이 없었다.

탕 안의 소동, 황록색 토사물, 충혈된 눈, 다른 사람을 물어뜯는 사람들, 연결되지 않는 긴급전화….

맞추고 싶지 않았던 퍼즐이 완성되어갔다. 오늘 일어난 사건들은 모두 한 가지 결론을 암시하고 있었다. *좀비 바이러스 창궐.*

"왜 그래요?"

어느새 내 앞에 다가온 비너스의 눈은 금방이라도 피가 쏟아질 듯 새빨갛게 물들어 있었다. 발목을 물렸으니 곧 좀비로 변할 것이다.

"119가 전화를 안 받아요."

"네?"

"여기 잠깐 계세요. 전 안에 들어갔다 올게요."

"저 혼자 두지 마세요."

비너스가 내게 손을 뻗었다. 나도 모르게 그 손을 피했다. 아, 비너스가 서늘한 눈빛으로 손을 거뒀다.

"금방 올게요."

변명하듯 말하고 목욕탕 문을 열었다. 역한 냄새가 코를 찔렀다. 양머리는 세신사와 힘을 합쳐 기다란 때수건으로 할머니와 매표소 직원을 결박하고 있었다. 포켓몬 아줌마는 피 웅덩이에 쓰러진 채 꼼짝도 하지 않았다. 그렇지만 안심할 순 없다. 내 예상대로라면 포켓몬 아줌마는 머지않아 살아 있는 시체가 될 것이다.

"신고했어요?"

양머리가 때수건의 매듭을 한 번 더 동여매며 물었다.

"아뇨. 119도 112도 연결이 안 돼요."

"연결이 안 된다고요? 역시…."

양머리의 난감한 얼굴에서 나와 같은 생각을 하고 있음을 알 수 있었다. 영화나 소설에서 벌어지던 '그 일'이 일어났다는 사실을 애써 부정하고 싶은 눈빛이었다.

"머리를, 박살 내야 해요."

다급한 마음에 말이 먼저 튀어나왔다. 양머리가 아랫입술을 깨물었다.

"뭐를 박살 낸다고? 머리?"

세신실에서 때를 밀던 눈썹 문신 아줌마가 눈을 치켜뜨

며 물었다.

"모르겠어요? 이 사람들 좀비예요."

어쩔 수 없다. 나는 차마 입에 담고 싶지 않았던 단어를 말했다.

"뭔 비?"

"좀비요."

"좀비? 조옴비? 그 뭐냐, 부산행에 나온 괴물?"

"네."

"이봐요. 섣불리 판단해서는 안 돼요."

양머리가 나를 막아서며 말했다.

"그래, 광견병 걸린 개한테 물린 거 아니야? 무슨 그런 끔찍한 소리를 하고 있어."

세신사도 허리를 뒤틀며 한마디 거들었다.

"그럼 확인해보면 되잖아요!"

스스로도 놀랄 만큼 큰 목소리가 튀어나왔다. 뭔가 이 상하다. 평소의 나라면 조금 전 탈의실로 나갔을 때 사람들이 벗어놓은 찜질방 옷을 주워 입고 어디로든 도망쳤을 것이다. 그런데 내가 왜 여기서 적극적으로 행동하고 있지? 이건 영화 속 주인공이나 할 법한 행동인데? *왜긴 왜 겠어. 네가 주인공이니까 그렇지.* 또다시 머릿속에서 잘난 척쟁이가 이죽거리는 목소리가 들렸다. 어디서 많이 들어본 듯 귀에 익은, 내 목소리를 녹음해서 들었을 때와 비슷한 목소리…. 하지만 절대로 내 마음의 소리는 아니다. 환청인가?

"확인하자고? 어떻게요?"

양머리가 물었다. 환청 따위에 연연하고 있을 틈은 없다.

"탕 안에 넣어봐요. 숨을 쉬면 공기 방울이 생기겠죠? 기포가 올라오면 산 사람이고, 아님 죽은 사람이라는 뜻이니까."

"해보죠."

내 말에 양머리가 할머니의 다리를 잡았고, 나는 팔을 잡았다. 바로 앞에 있던 온탕에 넣으려다 보글보글 올라오는 물거품 때문에 게걸음으로 두어 걸음 가서 아로마 탕에 넣었다. 작고 멍든 몸이 타일 바닥에 가라앉았고, 나와 양머리는 손을 모은 채 할머니의 콧구멍에서 물방울이 나오길 바랐다.

"그쪽 말이 맞았어요."

몇 초가 지나도 잠잠한 수면을 보며 양머리가 말했다.

"어서 저기 쓰러진 아줌마를…."

묶어야 한다고 말하기도 전에 포켓몬이 일어나 눈썹 문신에게 달려들었다. 말릴 새도 없이 또 한 명이 피를 흘리며 쓰러져 버둥거렸다. 젠장, 물리면 일정 시간이 지나 좀비가 되는 법칙은 현실 세계에서도 그대로였다. 큭큭. 누군가가 나를 비웃는 소리가 들렸다. 또 환청이다. 환청은 무시하자. 너무 놀라 뇌가 일시적으로 고장 난 걸 거야.

눈을 질끈 감았다가 뜨는데 포켓몬이 내 어깨를 움켜쥐고 입을 쩍 벌렸다. 반사적으로 발밑에 있던 플라스틱 의자를 머리에 뒤집어씌웠고, 양머리가 포켓몬의 팔을 뒤로 꺾어 제압했다. 처음 만난 사이라고 믿을 수 없을 정도로 손발이 척척 맞아 하이 파이브라도 하고 싶은 심정이었다. 내가 이렇게 순발력이 뛰어났었나? 버스에 타도 중심을 잡지 못하고 넘어질 뻔한 게 한두 번이 아닌데? 긴급한 상황이니 초능력이 나오나? 아니, 이건 초능력이라기보다 외부적인 힘에 조종당하는 느낌에 가깝다. 실에 매달린 마리오네트처럼 누군가가 사지를 제어하는 느낌.

"저기요, 경관님 좀 도와주세요. 저는 탈의실에 가봐야겠어요."

내 입에서 생각지도 못한 말이 튀어나왔다. 나는 민첩하게 탈의실로 나갔다. 그런데 평상에 앉아 있던 비너스의 모습이 보이지 않았다. 그사이 밖으로 나갔나? 벌써 좀비로 변했다면 당연히 그럴 수 있다. 하지만 아무리 좀비라도 옷도 입지 않고 바깥을 헤매는 일은 막아야 하는데. 비너스를 찾아봐야 한다. 사람들이 벗어놓은 찜질복을 주워 입고, 비너스의 사물함에서 원피스를 꺼내 허리에 묶었다. 찜질방부터 가야 할지 밖으로 나가봐야 할지 고민하는데, 화장실 안에서 토하는 소리가 들렸다. 비너스인 것 같았다.

나는 화장실로 들어갔다. 지독한 냄새가 달려들었고, 맨 안쪽 칸에서 황록색 토사물이 흘러나오고 있었다. 안 됐지만 돌이킬 방법은 없다. 더는 고통을 겪지 않도록 내 손으로 끝내줘야 한다. 화장실 구석에 세워진 대걸레를 손에 쥐었다.

야, 임산부도 죽이려고?

단단한 나무의 감촉이 손바닥에 닿은 순간, 천둥 같은 목소리가 들렸다. 지금까지 들렸던 환청과는 확연히 다른, 남자의 목소리였다.

왜, 안 돼?

이번에는 익숙한 '그 여자'의 목소리였다.

아기는 살릴 거지?

스포일러 금지.

주인공까지 죽이진 말아라.

그거야 내 맘이고.

걸레 자루를 쥔 손이 마구 떨렸다. 이건 마치, 세상을 내려다보는 신들의, 아니 악마들의 대화 같았다. 우리가 사는 세계가 실제가 아니라 사실은 잘 짜인 시뮬레이션이라는 가설이 맞았나? 매트릭스? 장자가 말한 꿈속의 나비?

작작 죽여라. 그러니 네 소설이 인기가 없는 거야.

닥쳐라.

남자가 '네 소설'이라고 말했다. 조금 전 여자도 내게 말했다. 주인공이니까 그렇지, 라고. 혹시 여기는 소설 속 세상인가? 혼란스러웠다. 어쩌면 미쳐가는지도 모르겠다.

돌연 구토 소리가 멈췄다. 나는 마지막 칸으로 조심스레 다가갔다. 잠기지 않은 화장실 문을 열어보니 비너스가 변기를 끌어안은 채 흐느끼고 있었다. 아직은 좀비로 변하지 않았다. 탁, 대걸레가 손에서 떨어졌다.

"저기요."

손끝으로 비너스의 어깨를 살짝 건드렸다. 비너스가 몸을 돌려 나를 봤다. 팔을 뻗어 변기 물을 내리고 비너스를 부축해 일으켰지만 몇 걸음 가지 못하고 타일 바닥에 주저앉았다. 나도 옆에 주저앉았다.

"이거, 입을래요?"

허리에 묶었던 원피스를 건넸다. 비너스는 힘없이 고개를 저었다.

"다음 주가 출산인데… 아기 나오기 전에 깨끗이 씻고 싶었어요. 이럴 줄 알았으면 그냥 집에 있는 건데…."

"집에 있었어도 안전하진 않았을 거예요."

위로 같지 않은 위로였다. 비너스의 얼굴을 똑바로 보기 힘들어 고개를 숙이는데 발목의 물린 자국이 눈에 들어왔다. 상처에서 진득하고 검은 피가 흘러나오고 있었다.

"저도 알아요. 임신하기 전에는 그런 거 좋아했거든요."

비너스가 숨을 헐떡이며 말했다. 좀비물을 좋아한다니 평소라면 취향이 같다며 기뻐했을 텐데.

"저… 그걸로 변하면 죽여주실 거죠?"

비너스의 시선이 바닥에 떨어진 대걸레에 머물러 있었다. 나는 선뜻 대답하지 못하고 아랫입술을 깨물었다.

"괜찮아요."

비너스가 희미한 미소를 지었다. 타일보다 하얀 얼굴색과 빨간 눈, 검푸른 모세혈관. 비너스는 금이 간 도자기 토끼 인형처럼 보였다.

"망고예요."

"네?"

"우리 아기 태명 망고라고요."

비너스가 자신의 배를 쓰다듬었다.

"아이 생기고 입덧할 때 아무것도 못 먹겠는데 망고는 먹을 수 있었거든요. 좋아하던 과일도 아닌데 그때는 매일 망고로 배를 채웠어요. 남편이 부지런히 사다 날랐죠. 한번은 애플망고를 사 왔는데 그건 입에 안 맞더라고요. 지금도 그때만큼은 아니지만 망고를… 마앙고… 우리 망고… 흐에엑… 마앙고, 흐이익…."

비너스는 갈라진 목소리로 망고라는 말을 반복했다. 끝의 시작이었다. 대걸레를 움켜쥐고 일어섰다. 무리였다.

내 손으로 끝내주겠다니, 안 될 말이다. 나는 사람의 머리를 부술 만한 담력의 소유자가 아니다. *뭐 해? 죽여, 어서.* 어김없이 속삭임이 들렸다. 또다시 실에 묶인 인형처럼 걸레 자루를 두 손으로 쥐었다.

"야, 양수가 터졌나 봐요."

비너스가 다급히 말했다. 눈동자에 총기가 돌아왔다.

"저, 만약 이대로 잘못되면, 우리 아기를… 망고를 부탁해요."

울먹이던 비너스의 다리가 펄떡거렸다. 그렇다. 엄마는 감염됐어도 아기는 살려야 한다. 나 혼자서는 무리다. 나는 세신사 아줌마의 빨간 팬티 위로 보이던 튼살을 떠올렸다. 아줌마는 아기를 낳아봤을 테니 나보다는 나을 것이다.

"자, 잠깐만 여기서 기다리세요. 금방 올게요."

화장실을 나가려다 멈칫했다. 그냥 두고 나간다면 그사이 좀비로 변해 날뛸 수도 있다.

"죄송하지만 화장실 안에 들어가 계셔야 할 것 같아요."

비너스는 내 말뜻을 알아차린 듯 순순히 화장실 안으로 들어갔다.

"이제 문을 잠그세요."

찰칵, 문 잠그는 소리와 함께 손잡이에 사용 중이라는 글자가 나타났다. 이런 상황에 침착할 수 있는 건 비너스가 나처럼 좀비물을 즐겨봤기 때문이겠지.

"워킹데드에서요, 엄마가 감염돼도 아기는 멀쩡했거든요. 제 아기가 밖으로 나오지 않으면 배를 갈라서라도 꺼내주세요. 약속해주실 거죠?"

닫힌 문 뒤에서 비너스의 비장한 목소리가 들렸다.

"약속할게요."

무거운 마음으로 약속하고 화장실을 나오려는데, 비너스가 괴성을 지르며 화장실 문을 흔들어댔다. 얇은 문이 썩은 이빨처럼 흔들렸고, 걸쇠는 아슬아슬하게 걸려 있었지만 오래 버틸 것 같진 않았다. 나는 가슴이 들썩이도록 긴 숨을 내뱉었다. 약속을 지켜야 한다. 비너스의 고통을 끝내주고, 아기를 구해내야 한다. 세신사 아줌마를 데려올 시간은 없다.

바닥의 대걸레를 집어 들고 화장실 문을 힘껏 걷어찼다. 찌릿한 통증이 발가락뼈를 타고 허벅지까지 올라왔을 뿐, 허술해 보이는 문은 열리지 않았다. 쿠당탕, 안에서 요란한 소리가 나더니 비너스의 발이 문 아래로 쑥 튀어나왔다. 마구잡이로 날뛰다가 미끄러진 모양이다.

그극, 그그극…그으윽, 그아아악!

고막을 찢을 듯한 괴성에 이어 탁한 울음소리가 들려왔다. 허리를 굽혀 화장실 안을 들여다보는데 미끄덩한 덩어리가 밖으로 빠져나왔다. 탯줄에 매달린 아기였다. 아기를 손으로 감싸자 탯줄이 힘없이 끊어졌다. 아기는 정상이 아니었다. 죽어가던 고양이 울음소리를 내던 아기가 짓무른 눈을 게슴츠레 떴다. 새빨갛게 물든 흰자위…. 어떻게… 아기까지… 좀비물에서도 아기는 살려주던데….

나는 차가운 타일 바닥에 주저앉았다.

바람에 나부끼는 커튼처럼 시야가 일렁였다. 아기는 살릴 거냐던 남자의 물음. 스포일러 운운하던 여자의 대답.

이곳이 소설 속 세상이란 걸 인정해야 하나? 목소리의 말처럼 나는 소설의 주인공이고? 아니, 그럴 리가 없다. 나에게는 과거가 존재한다. 삼십 년 넘게 살아온 역사가 있는 인간이란 말이다. 나를 낳아준 부모님이 있고, 동생, 아니 언니가 있던가? 오빠였나? 기억나지 않는 걸 보니 외동딸인가 보다. 그런데 엄마 얼굴도 잘 기억나지 않는다. 분명 두 분 다 살아 계시는데… 아니, 아빠가 돌아가셨나? 부모님 집은 어디였지? 젠장, 제대로 기억나는 게 없다.

나는 숨을 깊이 들이마셨다. 유쾌하지 않은 냄새가 콧구멍에 달라붙었다. 세면대로 가서 차가운 물로 세수했다. 차분하게 생각해보는 거야. 나이는 서른셋, 아니, 서른넷, 어쨌든 삼십 대 중반이고, 토끼띠, 아니 뱀띠였나? 안 되겠다. 다른 걸 기억해보자. 대학에서 국문학을 전공했고, 고등학교를… 잠깐, 내가 고등학교를 어디에서 다녔지?

기억나지 않는다. 아무리 머리를 쥐어짜도 기억할 수

없다.

아무래도 인정해야겠다. 나는 소설 속 등장인물이다. 게으른 작가가 내 직업도 만만한 작가로 설정했겠지. 전문직은 자료 조사를 해야 할 테니까. 어쩐지 글이 안 써지는 건 알겠는데, 내가 뭘 쓰고 있는지조차 모르겠더라니…. 유통기한이 없는 우유, 텔레토비가 나오던 TV, 갑자기 사라진 매점 같은 것도 이곳이 소설 속 세계라면 말이 된다. 작가가 세부 묘사나 설정을 대충대충 해놓은 것이다. 어깨에 힘이 빠졌다. 아니지, 좌절하고 있을 때가 아니다. 여기가 정말 소설 안이고 내가 작가의 목소리를 들은 거라면? 작가에게 내 목소리를 전할 수도 있지 않을까?

"어이, 작가님! 내 말 들려요? 아무리 좀비 사태가 났어도 아기는 살려줘야 하지 않아요? 이렇게 잔혹하게 가면 누가 좋아하겠어요? 이거 혹시 공모전에 내실 건가요? 내지 마세요. 이런 식이라면 똑 떨어질 테니까!"

허공을 향해 큰 소리로 외쳤다. 헉. 그 순간 여자가 숨을 삼키는 소리가 또렷이 들렸다. 곧 세상이 어두워지기 시작했다. 정전되는 것처럼 한순간 암흑으로 덮이는 게 아니라, 검은 물감이 사방에 스며드는 것처럼 가장자리부터 서서히.

아?

나는 차디찬 타일 바닥에서 눈을 떴다. 시간이 얼마나 흘렀는지 감이 잡히지 않았다. 몇 초 동안이었던 것 같기도 하고, 몇 시간이 지난 것 같기도 했다. 눈앞에는 문 아래로 비어져 나온 비너스의 발목과 움직이지도 울지도 않는 아기가 있었다. 나는 끝내 약속을 지키지 못한 채 화장실에서 나왔다. 이제 감염되지 않은 사람은 양머리와 세신사, 그리고 나, 세 명뿐… 아니, 틀렸다. 유리문으로 본 탕 안은 피와 토사물로 도배되어 있었다. 머리에 쓴 수건과 빨간 팬티가 아니었다면 양머리와 세신사라는 걸 알아볼 수 없을 정도로 둘의 얼굴은 뜯기고 뭉개져 있었다. 할머니는 탕 안에 가라앉은 채였고, 포켓몬 아줌마의 목은 실리콘 부항기와 함께 바닥에 나뒹굴었다. 눈썹 문신 아줌마는 하반신이 분리된 채 바닥을 기어 다녔다.

내가 정신을 잃은 사이, 작가가 탕 안을 난장판으로 만들어놓은 것이다. 그런데 탕 안에 있어야 할 또 한 사람, 매표소 직원이 보이지 않았다. 좋지 않은 징조다. 마른침이 힘겹게 목구멍을 타고 내려갔다. 나는 문을 열고 입구까지 굴러온 경찰봉을 움켜쥐었다. 미처 살피지 못한 구석을 둘러보는데 소금 사우나 옆 자수정 사우나에서 그림자가 어른거렸다. 도망칠 겨를도 없이, 피범벅이 된 매표소 직원이 튀어나와 내게 달려들었다. 나는 소리를 내지르며 경찰봉을 휘둘렀다. 매표소 직원이 입을 크게 벌리고 내 목을 향해 달려들던 순간이었다. 누군가 '무궁화꽃이 피었습니다'를 외친 것처럼 매표소 직원이 동작을 멈췄다. 내 몸도 움직이지 않았다. 이건 또 뭐지?

작가가 글 쓰다 화장실이라도 갔나? 노트북이 에러가 나서 작동을 멈췄나? 매표소 직원과 나는 눈싸움하듯 서로를 노려봤다. 직원의 이마에 핏방울이 아슬아슬하게 매달려 있었다. 숨 막히는 시간—실제로 숨을 쉬지 못한 것도 같다—이 지나고 핏방울이 아래로 흘러내리는 찰나, 매표소 직원이 내 어깨를 움켜쥐었고 나는 있는 힘껏 뿌리치며 발길질했다. 직원이 뒤로 넘어졌다. 망설일 틈은 없었다. 경찰봉으로 매표소 직원의 이마를 내리찍었다. 두려움은 접어두어야 한다. 나는 살아야 하니까. 뒤집힌 갑충처럼 팔다리를 버둥거리던 직원이 마침내 움직임을 멈췄다. 나도 그 옆에 털썩 주저앉았다. 탕 안은 고요했다.

"괜찮아. 나는 사람을 죽인 게 아니야. 좀비를 죽인 거야. 저 사람은 사람이 아니야. 죽게 되어 있는 등장인물이야."

사람을 죽였다는 죄책감을 벗어보려 횡설수설하다가 이런 논리라면 잔인한 작가와 다를 바 없다는 생각이 들었다. 이건 올바르지 않아. 눈시울이 뜨끈해지더니 눈물이 쏟아져 나왔다. 나는 약간 안도했다. 지금까지 내가 한 모든 행동이 내 자발적인 선택이 아니라 작가가 나로 하여금 그렇게 하도록 키보드를 두드렸기 때문이라고 하더라도, 내가 느끼는 감정은 고스란히 내 것이라는 사실이 조금은 위안이 되었다.

한참을 울고 나니 머리가 맑아졌고, 맑아진 머리에 한 가지 의문이 떠올랐다. 나는 무엇을 위해 살아남으려 하는 걸까? 단순히 살고 싶다는 욕망인가? 그건 아마도 작가가 심어놓은 일차원적인 생존 본능일 것이다. 그러나 지금 이 순간부터는 다르다. 나는 살아남아야 한다. 무고히 죽어 간 사람들의 복수를 위해, 작가의 의도가 어떻든 보란 듯 이 살아남고야 말겠다. 주먹을 움켜쥐고 입안에 쌉싸름하 게 퍼지는 분노를 맛보았다. 손톱이 손바닥을 파고 들어갔 지만 상관없었다. 여기에서 나가야 한다. 아기까지 좀비로 만든 소시오패스에게 반드시 대가를 치르게 해주겠다. 하 지만 어떻게? 방법을 찾아야 한다. 세상이 어두워지기 전, 작가는 내 말에 반응했었다. 어딘가 분명히 작가의 세상으 로 가는 통로가 있을 것이다. 나는 벽에 있는 상어 그림을 찬찬히 들여다봤다. 어울리지 않는 그림에 무언가 단서가 감춰져 있을지도 모른다. 날카롭게 드러난 상어의 이빨과 눈, 저 멀리 바다를 가로지르는 상어 지느러미를 유심히 살폈다. 그러나 그림은 그림일 뿐, 이상한 점은 찾을 수 없 었다. 만에 하나 단서가 있다고 해도 내가 알아차릴 수 있 을까? 이건 터무니없이 불리한 게임이었다.

나는 경찰봉을 쥐고 탈의실로 나갔다. 어디선가 부스럭 소리가 들렸다. 화장실은 아니고, 탈의실 구석에서 나는 소리였다. 미로같이 이어진 사물함을 지나 안쪽으로 들어가니 '좌훈' '실 면도'라는 간판이 붙은 두 개의 방이 나왔다. 좌훈 방에는 항아리들이, 실 면도 방에는 간이침대와 실 면도를 해주는 아줌마가 있었다. 아줌마의 입가에는 황록색 토사물이 묻어 있고, 피부는 창백했으며 눈은 시뻘겠다.

크아아악!

나를 본 아줌마가 상어처럼 입을 벌리고 달려들었다. 내가 옆으로 피하자 아줌마는 정수기 통에 머리를 박았고, 분하다는 듯 크르르 소리를 내며 또다시 나를 덮치려 했다.

나는 무협지의 주인공처럼 결투 자세를 잡고, 깊은숨을 내쉬며 경찰봉을 휘둘렀다. 내리칠 때마다 나는 소름 돋는 소리는 두 번째라고 익숙해지진 않았다. 얼마나 내리쳤는지 손목이 시큰거릴 즈음 오른쪽 두개골이 함몰된 아줌마가 바닥으로 무너져 내렸다. 나는 실 면도 방에서 나와 허공에 대고 소리쳤다.

"당신은 날 죽일 수 없어. 난 주인공이니까. 안 그래?"

켈켈. 대답 대신 사악한 웃음소리만 들렸다. 탈의실 평상에 걸터앉아 경찰봉에 묻은 피와 찌꺼기를 털어내는데,

찜질방과 연결된 계단을 내려오는 발소리가 들렸다. 한두 명이 내려오는 소리가 아니었다. 자리에서 일어나 경찰봉을 쥔 손에 힘을 주었다. 계단 내려오는 소리가 점점 커졌고 나무 문은 허무하게 떨어져 나갔다. 좁은 통로로 찜질방 옷을 입은 좀비들이 쏟아져 나왔다. 도저히 혼자 상대할 수준이 아니었다.

　나는 실 면도 방으로 돌아가 침대 밑에 숨었다. 내 눈앞에는 한쪽 눈을 부릅뜬 실 면도 아줌마의 시체가 있었다. 기이한 신음, 피와 토사물이 뒤섞인 냄새, 젖은 발바닥이 리놀륨 바닥에 쩍쩍 붙었다 떨어지는 소리… 보지 않아도 탈의실 안에 좀비가 우글거린다는 걸 알 수 있었다. 간이침대가 들썩일 정도로 몸이 떨렸다. 잔뜩 웅크린 채 양손으로 어깨를 감싸 쥐는데 실 면도 방에도 좀비가 들어왔다. 침대 밑으로 실 면도 아줌마를 툭툭 차는 발이 보였다. 부러질 듯 가느다란 발목과 물린 자국. 비너스였다. 미안해요, 괴물로 변하게 두지 않겠다고 했는데…. 눈을 감자 눈물이 찔끔 배어 나왔다. 하지만 감상에 젖을 여유 따위 없다. 침대 아래로 보이는 발이 셀 수 없을 정도로 늘어나고 있었다. 실 면도 아줌마의 시체가 공중으로 들어 올려졌다. 게걸스럽게 고기 뜯는 소리가 들리고, 매니큐어가 벗겨진 손가락 하나가 내 코앞으로 떨어졌다. 멀리 치워버려야 하는데 입바람으로는 어림없었다. 좀비 하나가 손가락을 주우려고 허리를 굽혔다. 콧등에 난 사마귀, 매표소 직원이었다. 나를 본 직원이 삐에로처럼 크게 입을 쪼갰다. 더는 도망갈 곳도 없었다. 내가 의지할 건 경찰봉뿐이다. 좀비들이 기어 올라갔는지 간이침대가 덜컹거리고 찌그러졌다. 곧 부서질 거라 각오하는데, 엄청난 굉음이 들리고 간이 침대가 두 동강 났다. 허리에 강한 충격이 내리꽂혔다. 용수철이 정수리를 때리자 물속에 들어간 것처럼 귀가 먹먹해졌다. 두피가 찢어졌는지 피가 흘러 입으로 들어왔다. 찝찌름한 피 맛이 느껴졌고, 기다렸다는 듯 좀비 떼의 팔이 사방에서 뻗쳐왔다.

"이렇게 끝내시겠다? 완전 클리셰 범벅이네?"

빈정거리면서도 나의 패배를 인정해야겠다. 아무리 살아 움직이는 캐릭터라도 작가의 의지를 꺾을 수는 없었다. 선택지가 죽음밖에 없다면 의연한 죽음을 맞고 싶다. 나는 쓴웃음을 지으며 피로 얼룩진 구석의 한 점을 응시했다. 상징적인 의미가 아니다. 정말, 그곳에 점이 있었다. 점은 한순간 사라졌다가 다음 순간 나타났다. 피 얼룩도 곰팡이도 아닌, 네모반듯한 검은 점이 방구석에서 점멸하고 있었다. 저건 커서다. 다음에 무슨 문장이 쓰일지 기다리며 깜박이는 커서. 드디어 찾았다. 제4의 벽을 넘는 통로를. 좀비들이 내 사지를 잡아 뜯는 동안에도 필사적으로 점을 향해 나아갔다. 조금만, 한 뼘만 더….

좀비 하나가 종아리를 물었다. 눈앞이 번쩍거릴 정도로 고통스러웠지만 정신을 잃어서는 안 된다. 나는 억지로 목을 늘이며 점에게 다가갔다. 이제 내 얼굴과 점의 거리는 손가락 한 마디만큼 가까워졌다. 안간힘을 다해 좀비들에게 잡힌 손을 빼냈다. 손이 없었다. 벌써 좀비의 뱃속에 들어가 버린 것이다. 그렇다면 내게 남은 건… 나는 괴물보다 더 괴물 같은 소리를 내며 혀를 내밀어 점을 핥았다.

세상이, 멈췄다.

탕 안에서 매표소 직원을 맞닥뜨렸을 때와는 미묘하게 다른 방식으로.

어? 당황한 작가의 목소리가 들렸다. 작가가 전원을 끄려는지 한글 프로그램을 종료하려는지 신경질적으로 달칵거리는 소리가 들렸다. 순간 긴장했지만 세상이 어둠 속에 잠기는 일은 일어나지 않았다. 아랫입술이 너덜너덜해지도록 깨물며 가슴으로 기어 검은 점에 눈을 갖다 댔다. 이럴 수가, 네모난 점을 통해 다른 차원의 세상이 보였다. 책장에 꽂혀 있는 책, 벽에 걸린 시계와 달력, 그리고 머리카락을 쥐어뜯으며 방 안을 서성이는, 나와 무섭도록 닮은 얼굴을 가진 인간. 모든 재앙을 만들어낸 악랄한 창조자.

작가가 욕설을 내뱉으며 방을 나갔다. 나는 노이즈가 긴 좀비들을 떨쳐내고 손이 잘려 나간 팔목을 점에 문질렀다. 낡은 노트북이 돌아가는 소리가 들렸다. 손톱만 했던 점이 점점 커졌다. 팔목에서는 진득한 피가 흐르고, 점에 닿을 때마다 불에 덴 듯한 통증이 어깨를 타고 올라와 심장이 터질 것 같았다. 그래도 포기하지 않고 점의 크기를 키웠다.

◇

나는 지금 차원의 벽을 넘고 있다. 인간의 원념이란, 설령 가상의 인물이라고 해도 이토록 강인한 것이다.

내 몸은 사다코처럼 느릿느릿 모니터를 뚫고 나왔다. 액정 화면을 통과할 때마다 화면과 닿는 부분이 타들어가는 것 같았지만 복수를 위해서라면 더한 고통도 견딜 수 있었다. 모니터에서 빠져나온 나는 의자에 한 번 걸렸다가 방바닥으로 떨어졌다. 철퍼덕, 고깃덩어리 떨어지는 소리에 놀란 작가가 방으로 들어왔다. 손에는 기린이 그려진 노란 머그컵을 들고 있었다.

"마, 마, 말도 안 돼. 네, 네가 어떻게….."

작가가 얼빠진 얼굴로 머그컵을 놓쳤다. 바닥에 떨어진 컵은 깨지지 않고 안에 있던 커피만 바닥에 쏟아졌다.

"앗 뜨거, 뜨거!"

겨우 뜨거운 커피 정도로 호들갑이라니, 지금부터가 아주 뜨거울 텐데.

얼굴에 조롱을 가득 담아 작가를 올려다봤다. 마음 같아선 목덜미를 물어뜯고 싶었지만, 힘줄과 근육을 물어뜯긴 너덜너덜한 다리로 일어서는 건 무리였다. 나는 남아 있는 힘을 모아 작가의 발목에 이빨을 박아 넣었다. 소프라노의 독창 같은 비명이 좁은 방 안에 울려 퍼졌다. 마지막 가는 길에 듣는 음악치고는 요란했지만, 대체로 만족스러운 기분으로 눈을 감았다.

부디 너희 세상에도 좀비 바이러스가 창궐하기를!

작가의 말

『부디 너희 세상에도』는 제가 쓴 세 번째 소설집입니다.

신인 작가 시절, 사주를 보러 간 적이 있습니다. 글쟁이 사주에 특화된 점쟁이라더군요. 저는 유물론자라 점이나 미신 같은 걸 믿지 않습니다만 함께 공부하던 친구들에게 휩쓸려 가고 말았습니다. 그런데 그분이 저에게 대뜸 단편을 잘 쓰겠구먼, 이라고 하는 겁니다. 저는 그분을 의심 가득한 눈으로 쳐다봤습니다. 당시 저는 100화가 넘는 로맨스 웹소설을 연재하고 있었거든요.

5년의 세월이 지나는 동안 단편집을 세 권이나 냈으니, 그 점쟁이가 용하긴 한가 봅니다.

저는 작품에 대해 언급하는 걸 그다지 좋아하지 않습니다만, 이번에는 3이란 숫자에 괜한 의미를 부여하며 간략한 작품 설명으로 작가의 말을 대신하겠습니다. 스포일러가 될 수 있으니 작품을 먼저 읽고 나서 보시면 더 좋겠습니다.

「반짝이는 것들」은 제 첫 번째 소설집의 표제작인 「다이웰 주식회사」와 세계관을 공유하는 작품입니다. ACAS(후천성 심정지 증후군), 즉 감염되면 수동적인 좀비 상태가 되는 바이러스가 창궐한 세상에서 인간성을 잃어가고, 한편으로 남은 인간성을 붙잡고 싶어 하는 사람들의 이야기를 그렸습니다. ACAS 바이러스 세계관을 배경으로 한 작품은 두 번째 소설집인 『양꼬치의 기쁨』에도 실려 있습니다. 「내 이름은 제니」와 「기억의 꿈」이라는 두 작품인데요. 아직도 제 노트북과 머릿속에는 같은 세계관에서 살고 있는 다른 사람들의 이야기가 들어있습니다. 언젠간 이 단편들을 모아 한 권의 책으로 독자님들께 선보이고 싶습니다.

「에이의 숟가락」은 소유에 관한 이야기입니다. 사랑하는 이를 온전히 소유하고 싶은 여자. 에이는 소유하지 못한다면 소멸시켜야 한다고 말합니다. 하지만 누군가를 소유한다는 건 애당초 불가능한 일이고, 서로를 소유했던 에이와 숟가락은 파국을 맞게 되지요.

「뇌의 나무」는 어느 날 갑자기 머릿속에 떠오른 이미지를 바탕으로 쓴 우화입니다. 거대한 기둥 위에 올려진 분홍색 뇌. 저는 그것을 뇌의 나무라고 불렀습니다. 잔혹 동화 같은 이 짧은 소설에서 저는 '황금알을 낳는 거위 죽이기'처럼 분수를 모르고 과한 욕심을 부리다 파멸하는 인간에 대해 말하고 싶었습니다. 소유욕이라는 측면에서 「뇌의 나무」에 등장하는 독재자와 에이는 닮은 것 같기도 하네요.

고소공포증, 선단 공포증, 광대 공포증, 단추 공포증, 땅콩버터 공포증까지…. 세상에는 우리가 상상도 하지 못한 공포증이 있고, 저는 이런 것들을 찾아보는 걸 좋아합니다. 하루는 수많은 공포증 목록을 보며 이런 의문을 가졌습니다. 혹시 스마트폰 공포증은 없을까? 아니, 스마트폰뿐만 아니라 모니터, 텔레비전, 지하철 광고판 등 모든 액정에 두려움을 느낀다면 어떻게 될까?
「화면 공포증」은 이와 같은 질문에서 시작되었고, 일상의 공포를 이야기하고 싶었습니다. 그런데 이야기가 진행되면서 어쩐 일인지 코스믹 호러가 되어버리고 말았습니다. 조금은 당황스럽기도 하지만 자기가 쓰는 소설에서 의

외의 결말을 찾는 건 언제나 즐거운 일입니다.

「미래를 기억하는 남자」는 기시감에서 출발한 이야기입니다. 저는 새로운 장소에 갈 때나 낯설고 충격적인 상황에 맞닥뜨렸을 때 기시감을 종종 느낍니다. 그럴 때마다 내가 사실은 같은 인생을 몇 번이고 반복해서 사는 게 아닐까, 하는 엉뚱한 생각이 들곤 합니다. 반복해서 살고 있지만 매번 같은 잘못을 되풀이하고 있다는 생각은 덤으로 따라왔고요. 주인공처럼 미래의 일을 기억해보려 눈을 감고 애써본 적도 있습니다. 이런 망상(?)을 바탕으로 기시감과 비뚤어진 욕망이 뒤엉킨 이야기를 써 봤습니다. 이기적인 선택밖에 하지 못한 남자는 결국 지옥과도 같은 무한루프에 갇히게 된 것이지요.

「이름 먹는 괴물」은 의심에 관한 이야기입니다. 다른 사람을 죽여야만 자신이 살아남는 상황이 아님에도 사람들은 남을 죽이려 합니다. 괴물이 나타난 교실의 아이들도 마찬가지입니다. 함께 괴물을 물리치려 하기보다 서로 불신하고 파괴하기에 급급합니다. 또한 이 소설은 외면에 관한 이야기이기도 합니다. 화자는 존재하고 있음에도 존재하지 않는 아이입니다. 아무도 그 아이의 이름을 알지 못하기 때문이지요. 이 글을 먼저 읽어본 어떤 이는 화자도 괴물이 아니냐는 질문을 던졌습니다. 여러분은 어떻게 생각하세요? 저는 지금 제 작품에 관해 이야기하고 있습니다만, 어떻게 해석하는가는 독자의 몫입니다.

한 가지 더, 사소한 얘기를 덧붙이자면 소설 속에서 '나'는 자신의 별명을 수학, 이라고 합니다. 수학을 좋아하는 이유는 답이 있기 때문인데요. 교정을 보다가 「에이의 손가락」의 에이도 똑같은 이유로 수학과에 갈 걸 그랬다며 후회하는 장면이 나오더라고요. 반복이라니 큰일이다, 라고 생각하면서도 웃음이 나왔습니다. 사실 제 평소 말버릇이 "다시 태어나면 수학자가 되고 싶다"거든요. 둘 중 하나를 다르게 바꿀까 고민하다가 그대로 두었습니다. 어떻게 보면 「이름 먹는 괴물」의 화자가 살아남아 에이가 된 걸 수도 있고, 무엇보다 소설 속 인물들은 작가의 조각을 하나쯤 갖고 태어날 수밖에 없으니까요.

「목소리」는 "열두 시간 안에 누군가를 죽이지 않으면 너는 죽는다"라는 선언적인 문장에서 시작된 이야기입니다. (이 문장은 작품을 고쳐 쓰며 "살고 싶으면 열두 시간 안에 사람을 죽여라"라는 명령형으로 바뀌었어요.) 그 긴박한 상황에서 가까이 있는 사람이 사랑하는 가족뿐이라면 우리는 어떤 선택을 하게 될까요. 이 이야기는 여러 가지 버전으로 써보았지만, 논란의 여지가 있는 작품은 미뤄두고 비교적 온건한 작품을 싣게 되었습니다.

마지막으로 「부디 너희 세상에도」는 좀비물의 탈을 쓴, 작가와 캐릭터에 관한 이야기입니다. 호러 소설을 쓰며 많은 등장인물을 죽인 스스로에 대한 조소와 반성을 담아 썼어요. (그렇지만 묻지 마세요. 우리 평화적인 방식으로 해결합시다.)

저는 언제부턴가 제4의 벽을 뛰어넘는 이야기를 쓰고 싶었습니다. 아마 예전에 드라마 공부를 하며 루이지 피란델로의 『작가를 찾는 6인의 등장인물』을 인상 깊게 봤기 때문인 것 같아요. 그리고 이 작품에는 제 실생활이 가장 많이 녹아있기도 한데요. 기린이 그려진 노란 머그컵은 제가 아끼는 소품입니다. 소설 속 작가의 방 풍경도 제 방 풍경과 거의 흡사해요. 아, 가장 중요한 배경인 사우나도 제가 사는 동네에 실재하는 곳입니다. 탕 안에 정말 상어들이 입을 쩍 벌리고 헤엄치는 커다란 그림이 붙어 있어요!

이상 여덟 편의 작품에 대한 나름의 소개를 마쳤습니다. 저로서는 한 편 한 편 아끼지 않는 작품이 없습니다. 작가가 아닌, 작품이 말하고자 하는 무언가가 여러분의 마음에도 깊이 닿을 수 있기를 바랍니다.

책이 한 권 나오기까지 고생해주시는 분들이 많습니다. 그분들의 고마움에 보답하려면 제가 잘하는 일을 할 수밖에 없다고 생각합니다. 앞으로도 겸허한 마음으로 문장을 보듬어 나가겠습니다.

소중한 M에게,
그리고 제 글을 읽어주시는 독자님들께 무한한 사랑을 보냅니다.

2023년 봄
남유하